Verraten und Verkauft • Peter Kleine

AF282500

PETER KLEINE

VERRATEN UND VERKAUFT

LUG UND BETRUG

William Shakespeares
„Das Wintermärchen"
als Verschwörungstheorie

Die Abbildungen sind der Zauberwelt der Kulissen des Theatermuseums in Meiningen entnommen. Sie wurden angefertigt im Atelier für Bühnenbilder der Gebrüder Max und Gotthold Brückner aus Coburg für die Aufführungen ab 1878. Hierbei handelte es sich um eine Reihe großformatiger Prospekte, von denen heute noch acht Bilder erhalten sind.

Bibliografische Information der Deutschen Nationalbibliothek
Die Deutsche Nationalbibliothek verzeichnet diese Publikation in der
Deutschen Nationalbibliografie; detaillierte bibliografische Daten sind
im Internet über http://dnb.d-nb.de abrufbar.
© Frieling-Verlag Berlin • Eine Marke der Frieling & Huffmann
GmbH & Co. KG
Rheinstraße 46, 12161 Berlin
Telefon: 0 30 / 76 69 99-0
www.frieling.de
ISBN (Print): 978-3-8280-3568-3
ISBN (E-Book): 978-3-8280-3569-0
1. Auflage 2020
Umschlaggestaltung: Maximilian Günther
Bildquelle: pixabay, pexels, Meininger Museen
Sämtliche Rechte vorbehalten
Printed in Germany

PERSONENREGISTER

Leontes Robert Cohen, CEO for
Cancer Research of the NHS

Mamillius sein Sohn Marius Cohen

Hermione Pamela Cohen, Ehefrau

Perdita Jacinda, Tochter von Robert und
Pamela

Camillo Alexander Casa, Bediensteter im Hause
Cohen, später mit Paulina verheiratet

Antigonus Antony Perrar, Vertrauter von Robert und
Bediensteter im Hause Cohen

Polixines Paul Austère, Neuseeland

Florizel Gregory Austère, sein Sohn

Old Shepherd Hoani (Sean), Schäfer in Milford,
Jacindas Pflegevater

Paulina Paulina Perrar, Frau von Antony,
später verheiratet mit Alexander Casa

Hermione: Erzähl ein Märchen, komm …
Mamillius: Zum Winter passt ein trauriges am besten; ich
weiß da eins von Kobolden und Geistern.
Hermione: Hörn wir das, mein Herr.

(William Shakespeare, Das Wintermärchen, 2. Akt,
1. Szene, 22–26, Übersetzung Frank Günther)

PROLOG

„Verschwörungstheoretiker erzählen Geschichte immer vom Ende her. Sie fragen, wem ein Ereignis oder eine Entwicklung nützt, und identifizieren so diejenigen, die dafür verantwortlich sein müssen. Sie glauben an ein mechanistisches Weltbild, in dem kein Platz für Zufall, ungewollte Konsequenzen oder systemische Effekte ist. Beobachtbare Ereignisse sind für sie die Auswirkungen intentionaler Handlungen und ermöglichen es, auf die Motive der Akteure zu schließen."

(Michael Bauer, Nichts ist, wie es scheint,
Edition Suhrkamp Berlin, 2018, S. 59)

Mit diesen Worten geht der Tübinger Literatur- und Kulturhistoriker der Frage nach Argumentationsstrukturen und -strategien derjenigen nach, für die das Weltgeschehen sich auf dunkle, geheimnisvolle Mächte reduziert, die sich gegen offizielle Erklärungen anerkannter Autoritäten zur Wehr setzen. Für sie vollzieht sich der Ablauf der Geschichte oder einzelner Ereignisse vor dem Hintergrund geheimer Gründe und Absichten, die im Vollzug von den Handelnden oder mächtigen Institutionen verheimlicht werden.

Wenn etwa den Verantwortlichen der Gesellschaft unterstellt wird, eine Weltregierung anzustreben, ohne dies aber der Öffentlichkeit mitzuteilen, wird ihnen eine Vernebelungsstrategie, eine Irreführung der Menschheit unterstellt, hinter der sie ihre wahren Ziele zu kaschieren versuchen. Wenn die Steuerung auftretender Krisen von den zuständigen Instanzen nicht anerkannt wird als Mittel zur Behebung und Lösung der drängenden Probleme, diese vielmehr als Vertreter einer Verschwörung angesehen werden, sehen Verschwörungstheoretiker ihre Zeit gekommen. Ihren Gegnern unterstellen sie, endlich das durchsetzen zu wollen, was sie schon immer durchsetzen wollten. Sie werden betrachtet als Manipulatoren, die ihre Zeit nun gekommen sehen, ihre wahren Ziele mit Nachdruck zu verfolgen. Mit blindwütigem Eifer gehen sie ihre

Gegner an und entwickeln eine feindselige Haltung all denen gegenüber, die sie als Verschwörer ins Visier genommen haben. Verschwörungen können sich auf hoher politischer Ebene, im gesellschaftlichen Rahmen, auf der Ebene von Wirtschaft und Religion abspielen. Verschwörungen können aber auch privater Natur sein, wenn innerhalb fester Bezugskreise wie Familien oder Freunden das Misstrauen so weit gediehen ist, dass verbalen Erklärungen und Beteuerungen Einzelner nicht mehr geglaubt wird, da man der Meinung ist, dass Lüge, Verrat und Betrug die entscheidenden Motive des Handelns sind. Verschwörern wird systematisch Unwahrheit, Betrug und Verschleierung unterstellt. Nichts ist wirklich, wie es scheint.

Michael Butter bemerkt dazu:

„Es ist kein Zufall, dass Konspirationisten den vermeintlichen Verschwörern häufig eine überbordende oder ‚abnormale' Sexualität unterstellen oder dergleichen als Zeichen für Subversion interpretieren. … Was man sich selbst nicht traut oder an sich selbst nicht wahrhaben will, wird den Verschwörern zugeschrieben … Deshalb ist nicht nur der ‚Antikatholizismus schon immer die Pornografie des Puritaners gewesen' …, auch der Antisemitismus und Verschwörungstheorien über Illuminaten [Geheimgesellschaft, A. d. V.], Kommunisten und die Neue Weltordnung haben für ihre Anhänger immer auch dieselbe Funktion erfüllt."

(Michael Butter, Nichts ist, wie es scheint, S. 100)

„Nicht erst in jüngster Zeit, sondern bereits in der Antike und im Mittelalter wurde insbesondere in Italien und Frankreich eifrig am System von Intrigen und Unterstellungen gearbeitet. Bereits vor der Großen Pest 1343 tauchten bösartige Verschwörungstheorien überall auf. In Aquitanien etwa beschuldigte man Aussätzige, im Auftrag der Juden die Brunnen und Quellen der Christen vergiftet zu haben. Aufgrund der Aussage eines Leprösen glaubte man sogar über die Zusammensetzung des Gifts informiert zu sein. Menschenblut, Urin, das Pulver entweihter Hostien und geheimnisvolle Zauberkräuter galten als Bestandteile. Der Aussätzige gab zu Protokoll, ein reicher Jude habe ihm das Gift übergeben und für sein Verbrechen Geld bezahlt. Höhere Summen seien in Aussicht gestellt worden, falls weitere Aussätzige für Mordanschläge gewonnen werden konnten."

(Klaus Bergdolt, Die Pest: Geschichte des Schwarzen Todes, Beck-Verlag München, 2006, S. 68)

Die vorliegende Erzählung über zwei Familien, deren Väter einst eng miteinander befreundet waren, liegt im Rahmen dieser Verschwörungstheorien. Zwei entscheidende Personen sehen sich plötzlich als Opfer von Intrigen und Verrat, die sie dazu veranlassen, ihre zurückhaltenden Positionen schnell zu verlassen und sich in eine Haltung hineinzusteigern, die sie blind macht für jegliche Korrektur.

Sie entwickeln einen Rausch und eine rasende Grundposition, die sie temporär außerhalb aller externen Sichtweisen zu einer Art Amoklauf veranlassen. Was sie unterschwellig schon immer als latente Haltung besaßen, wird durch einen äußeren Anlass entfaltet und entwickelt eine Eigendynamik, die durch nichts und niemanden mehr zu kontrollieren ist. Für die Protagonisten der Erzählung gilt, was Michael Butter über die Geschichten der Verschwörungstheorien ausführt:

„Sie handeln vom Kampf zwischen Gut und Böse, vom Konflikt zwischen im Geheimen agierenden Übeltätern, die die ahnungslose Masse manipulieren, und den wenigen, die dem Komplott auf die Schliche gekommen sind und nun alles tun, um die Verschwörung zu vereiteln."

(Michael Butter, Nichts ist, wie es scheint, S. 57)

Opfer von Verschwörungen laufen auf zu Egomanen, die jegliche Kontrolle über sich verloren haben und in ihrem Wahn blind geworden sind. Michael Butter vertritt die Auffassung, dass ein Feindbild die Verschwörung um einiges attraktiver macht. Er zitiert die amerikanischen Wissenschaftler Nancy Rosenblum und Russell Muirhead, die ihre Studie *A lot of people are saying* ... nannten und dabei auf die Technik des amerikanischen Präsidenten Trump als „conspiracy without theory" verwiesen.

Das heißt, dass Verschwörungen auch ohne Theorien konstruiert werden können. Es bedarf in diesen Fällen nur einer klaren Behauptung, Herleitungen oder Belege sind vollkommen entbehrlich (vgl. „Vorsicht, Verschwörung", Interview mit Michael Butter, in: Die Zeit: Geschichte, 3/2020, S. 115).

Auch für die beiden Protagonisten Robert und Paul ist es ein Leichtes anzunehmen, dass eine perfide Gruppe nicht immer benannter Personen hinter der beobachteten Fehlentwicklung steckt. Sie finden unabhängig voneinander einen Sündenbock, eine feindliche Projektion, die sie verantwortlich machen, sie selbst aber entlastet und freispricht. Es liegt eine klare Rollenverteilung vor, die angeklagte Personengruppe kann attackiert und besiegt werden.
Robert Cohen alias Leontes und Paul Austère alias Polixines handeln aus derselben Grundhaltung heraus. Ohne jegliche Legitimation oder gesicherte Beweislage entwickeln sie ein Feindbild, das im Rahmen eines zugespitzten Lagerdenkens operiert und ein ungeheures Aggressionspotential in sich birgt.

Die Handlung bei Shakespeare wie in der vorliegenden Bearbeitung weist eine bittere Ironie auf: Der Aggressor der Handlung macht denjenigen zum Opfer und Verschwörer, der nachher umgekehrt als Täter auftritt und alle anderen der Verschwörung gegen ihn und sein System bezichtigt.
Somit wird klar, dass Verschwörungen nicht nur abhängig sind von einem bestimmten Personenkreis und dessen Cha-

rakterzügen, sondern auch von der Konstellation der Umstände, von Sachzwängen und vom personellen Umfeld.

So können für die beiden Hauptpersonen erst nach Abklingen der auslösenden Umstände und entsprechenden zeitlichen Schamfrist wieder solche Voraussetzungen eintreten, die sie zu reflektierender Gelassenheit und einer revidierten Sichtweise führen. Blindwütigkeit verliert ihre Bedrohlichkeit, wenn die Anlasse entfallen, Missverständnisse beseitigt und neue, erhellende Umstände eingetreten sind.

Leontes (Robert), der König von Sizilien, verfügte über ein repräsentatives Zimmer mit prachtvollem Blick auf die Küste.

TEIL I

Camillo:
Der König von Sizilien kann dem
von Böhmen gar nicht überherzlich
begegnen.

(Das Wintermärchen, 1. Akt, 1. Szene, 20)

„Pamela, ich mag es nicht glauben. Mir fehlen die Worte, aber Paul Austère hat angekündigt, dass er uns gerne in der kommenden Woche für einige Tage besuchen möchte. Paul Austère, kannst du dir das vorstellen? Paul, mein alter Freund aus Kinderzeiten. Ich kann es gar nicht fassen."

„Ja, mein Lieber, kannst du dir das denn nicht vorstellen? Du hast mir doch immer erzählt, ihr hättet euch so blendend vertragen, bis schließlich die Geschichte mit der Goldmünze aufgetaucht sei. Damit sei fast alles zu Ende gewesen."

Paul wunderte sich über so viel Erinnerungsvermögen seiner Frau, denn er hatte in den vergangenen Jahren immer wieder von Paul erzählt, die unselige Geschichte mit der Münze aber nur einmal beiläufig zur Sprache gebracht. Es war in Cambridge während ihrer gemeinsamen Studienjahre gewesen. Robert hatte aus seinem Elternhaus seinerzeit einige Münzen geerbt, die er normalerweise zu Hause in seinem Schreibtisch aufbewahrte. Eine der Münzen wies das Abbild der griechischen Göttin Aphrodite auf. Diese Sammlung mehr oder weniger wertvoller Münzen hatte er einmal seinem Freund Paul gezeigt, der darum gebeten hatte, sie für ein paar Tage behalten zu können. Als die Münzen nach etwa zwei Wochen noch nicht zurückgegeben worden waren, fragte Robert nach und bat Paul um Rückgabe. Am nächsten Tag kamen die Münzen schon zurück – mit einer Ausnahme: Es fehlte die nackte schöne Aphrodite, die – mit Vorder- und Rückansicht auf beiden Seiten zu sehen – zweifelsohne der attraktivste Teil der Sammlung war. Sofort registrierte Robert den Verlust und monierte diesen gegenüber Paul.

„Du weißt, dass Vivien Kunst studiert und sich auch für deine Sammlung interessiert hat. Sie bat darum, Aphrodite noch ein wenig länger behalten zu können, da es sich um eine künstlerisch sehr wertvolle Darstellung handelt."

„Mein Lieber", konterte Robert sogleich, „ich habe die Sammlung dir und nicht deiner Vivien geliehen. Versteh das bitte! Morgen möchte ich die fehlende Münze wiederhaben."

Paul geriet sichtbar unter Druck und erklärte, Vivien sei im Moment nicht da, aber in der kommenden Woche werde er alles klären. Robert wurde recht ungehalten und sagte mit scharfem Ton: „Ich erwarte von dir zum einen, dass du nicht weitergibst, was mir gehört. Zudem hast du mir gar nicht mitgeteilt, dass deine Freundin sich für die nackte Frau auf meiner Münze interessiert. Wenn die Münze nächste Woche nicht zurück ist, ist es mit unserer Freundschaft aus." Da Paul wusste, dass mit Robert in manchen Fragen schlecht Kirschenessen war, setzte er alle Hebel in Bewegung und übergab die fehlende Münze zwei Tage später an Robert. Das war nun 17 Jahre her.

Nun aber hatte Paul sich angesagt für einen mehrtägigen Besuch in Chorleywood, dem Wohnsitz der Familie Cohen. Er sei für einige Tage offiziell in London, wolle dann aber noch ein wenig entspannen und – wenn es recht sei – bei Robert und seiner Frau privat logieren. Seit mehr als acht Jahren sei er nicht mehr in England, dem Land seiner Kindheit, gewesen. Robert habe er seit seinem Umzug nach Neuseeland, d. h. seit mehr als 15 Jahren, nicht mehr gesehen.

Robert freute sich und erzählte Pamela von ihren Kindheitserlebnissen und ihrer gemeinsamen Schulzeit. Sie hatten immer in der Schule zusammengesessen, waren bei Klassenfahrten unzertrennlich gewesen und beide zum Jurastudium nach Cambridge gegangen. Nach dem Examen hatte es Paul aber schnell nach Wellington/Neuseeland gezogen, da seine Eltern schon Jahre zuvor Großbritannien verlassen hatten, um auf der anderen Erdhälfte ihr Glück zu versuchen.

Paul wollte heute natürlich erst in London seine Aufgabe erfüllen, wurde vom Staatssekretär für Commonwealth-Angelegenheiten und von mehreren hochrangigen Wirtschaftsführern empfangen. Der offizielle Aufenthalt in der Hauptstadt war für eine Woche vorgesehen. Darnach wollte er sich einige freie Tage in der alten Heimat gönnen.

Nach Abschluss der Verhandlungen traf er am Freitagabend in Chorleywood ein und wurde von Pamela, der Frau seines

Freundes, herzlich begrüßt. Man wies ihm ein sehr geräumiges Zimmer in dem ansehnlichen Anwesen zu und bat ihn darum, sich zum Abendessen – casually dressed – einzufinden. Pamela hatte alles vorbereitet und freute sich, ihren Gast im Haus begrüßen zu können. Die Freude war auch auf Pauls Seite, denn er staunte nicht schlecht zu sehen, welche attraktive und charmante Frau Robert geheiratet hatte. In Schulzeiten war er nicht immer so erfolgreich gewesen, denn viele seiner Versuche, sich attraktiven Mitschülerinnen zu nähern, hatten oftmals peinlich gewirkt, wenn er sich mit großem Imponiergehabe als Alleskönner und Seelentröster aufgespielt hatte. Mit Pamela hatte er offenkundig eine Frau erobert, die über einen ungewöhnlichen Liebreiz und ein betörendes Lächeln verfügte.

„Paul, nimm doch Platz", begann Pamela. „Wir sind heute Abend zu viert. Denn wir haben unseren Sohn Marius gebeten, uns Gesellschaft zu leisten. Ansonsten freue ich mich riesig, dich einmal persönlich kennenzulernen, nachdem Robert immer wieder von dir berichtet und von deiner ruhigen, bedächtigen Handlungsweise geschwärmt hat. Immer wieder wollten wir nach Neuseeland kommen, aber dann hat es uns doch eher zur Insel Wight und nach Südeuropa verschlagen." Paul bemerkte mit Freude, dass er von Pamelas Charme angetan war und sehr aufmerksam ihren Worten folgte. Er beobachtete ihre Gesichtszüge und fand in ihr ein leuchtendes Beispiel dafür, dass wahre Schönheit von innen kommt.

Robert hatte seinem Freund gegenüber Platz genommen und lenkte das Gespräch auf die letzten politischen Fragen, erkundigte sich nach der Begegnung mit den Staatssekretären und den Gesprächen über die Zusammenlegung der Teilministerien zu einem Superministerium der Grundstoffindustrie in Neuseeland. Paul erklärte, die Gespräche in London seien sehr erfreulich verlaufen, so dass er bei seiner Rückkehr nach Neuseeland seinen Vorstandskollegen wie auch den Medienvertretern von dem Entgegenkommen der britischen Seite berichten könne.

„Im Vertrauen gesagt, habe ich dann sogar Aussichten, das neue Ministerium zu übernehmen", schloss Paul seinen Bericht. Aus verschiedenen Gründen konnte sich Robert dieser positiven Einschätzung anschließen, erfüllte es ihn doch mit Freude und Genugtuung, dass der Besuch seines Jugendfreunds so erfolgreich war. Er wusste noch aus vergangenen Tagen, dass Paul ausgesprochen ehrgeizig war und sich weder in der Schule noch der Hochschule gescheut hatte, seine Freizeit dem Ziel eines Erfolges unterzuordnen. Es war nicht so, dass er sich den Lehrern angebiedert hatte, aber er hatte sehr wohl gewusst, was sie erwarteten und was einer schulischen Karriere dienlich war. Dementsprechend hatte Paul auch als Jahrgangsbester seine Abschlussprüfungen absolviert.

Der Weg zum beruflichen Aufstieg schien vorbereitet zu sein. Robert hatte den Eindruck, dass die alten Gemeinsamkeiten aus Kindheit und früher Jugend bis auf den heutigen Tag Früchte trugen. Pamela schaltete sich in das Gespräch ein und erkundigte sich nach den Lebensverhältnissen in Neuseeland, stellte Fragen nach Pauls Familie und seinen persönlichen Interessen. Dabei zeigte sie sich ihm gegenüber aufgeschlossen und empathisch, was der Gast als äußerst schmeichelhaft empfand. Robert fragte ihn im Laufe der Unterredung, ob er nicht noch ein paar Tage anhängen könne, um einmal mit ihm einen Ausflug nach Wales zu machen, wo sie doch vor vielen Jahren gemeinsam Mount Snowdon erklommen hätten. Zwar höflich, aber entschieden verwies Paul auf seine Verpflichtungen zu Hause und erklärte, dringend zurückfliegen zu müssen, um nach der kurzen Auszeit die Geschäfte wieder übernehmen zu können.

Nach der Einnahme der Abendmahlzeit gingen alle vier zu Bett und verbrachten eine ruhige Nacht.

TEIL II

Hermione:
Wenn du uns suchst,
so triffst du uns im Garten.

(Das Wintermärchen, 1. Akt, 2. Szene, 178 f.)

Am nächsten Morgen verließ Robert früh das Haus, um den dienstlichen Aufgaben im National Health Service in London nachzukommen, erklärte Pamela aber, dass er hoffe, am frühen Nachmittag wieder zurück zu sein. Paul fand sich gegen 9.00 Uhr zum Frühstück ein und war entzückt, mit Pamela allein die Zeit bei Tee, Bacon und Eggs verbringen zu können. Sie erzählte von Roberts großem Engagement im britischen Gesundheitswesen, das er als Justitiar auf Vordermann bringen wolle. Sie selbst sei früher dort auch beschäftigt gewesen, habe aber nach der Geburt von Marius ihre Berufstätigkeit unterbrochen. Sie erkundigte sich bei Paul nach seinen beruflichen Aufgaben in Neuseeland und war besonders interessiert an seinem Engagement im Agrarbereich innerhalb der Commonwealth-Staaten. Paul wunderte sich über ihren Sachverstand, der durch ihre gezielten und intelligenten Fragen in der Sache erkennbar wurde. Besonders aber faszinierte ihn immer wieder das betörende Lächeln der Frau, die er bislang nur vom Hörensagen, persönlich erst seit dem Vortag kannte. Pamela ließ ihn wissen, dass sie ein zweites Kind wünsche und hoffe, dass es bald so weit sei. Als sie ihn fragte, wann er denn wieder abreisen wolle, erklärte er, dass er am Wochenende den Flieger von London Heathrow nehmen müsse. Mit Interesse und Sympathie nahm er zur Kenntnis, dass sein Gegenüber ihr Bedauern über den kurzen Aufenthalt bekundete. Pamela erklärte, man könne doch Ausflüge nach Cambridge oder Bury St. Edmunds machen. Cambridge oder Bury St. Edmunds? Die Vorstellung dieser beiden Orte saß, sie traf einen Nerv bei Paul.

Cambridge – mit diesem Namen verbanden sich für ihn ausgesprochen positive Erinnerungen. So hatte er dort studiert und seine berufliche Karriere vorbereitet. Cambridge, das war nicht einfach eine Stadt mit einer Universität. Jedermann in England und in anderen Ländern wusste, welche Bedeutung den Colleges dieser Stadt zukam. Gerne wäre er auch nach Oxford gegangen, doch hatte man ihn dort leider nicht sofort aufgenommen, so dass ihm stattdessen Cambridge verblieben war. Es war ihm aber klar, dass die beiden Universitätsstädte weltweit eine herausragende Bedeutung besaßen, so dass ihm ein Besuch in der Stadt an dem kleinen Flüsschen Cam sehr attraktiv erschien.

Bury St. Edmunds – auch dieser Ort klang für Paul wie eine Rückkehr zu jüngeren Tagen, da er dort oft als Kind gewesen war. Seine Großeltern hatten dort gewohnt. Die Erinnerungen an den Ort weckten Gefühle der Geborgenheit und Freude. Seit dem Tod der Großmutter sei er dort nicht mehr gewesen, ließ er Pamela wissen. „Na, also", griff Pamela seine Gedanken auf, „schön wäre es doch, alte Kindheitserinnerungen dort auffrischen und die schönen mittelalterlichen Städte wieder besuchen zu können. Wir können doch übermorgen dort gemeinsam hinfahren, wenn Robert noch einmal in London ist." Paul spürte, wie er in eine Zwickmühle geriet, denn er hatte den Rückflug bereits gebucht. „Ich werde es mir noch einmal überlegen", kam die Antwort. Und er überlegte tatsächlich. Sehr intensiv und engagiert. „Lass uns doch ein wenig vor die Tür gehen", schlug Pamela vor. „Wir können doch einmal das Tiergehege in Dalton aufsuchen." – Nichts sprach dagegen, und so machten sich die beiden auf den Weg, um am Nachmittag zurück zu sein und Robert bei seiner Rückkehr zu begrüßen.

Gegen 16.00 Uhr traf Robert wieder zu Hause ein, sprang aus dem Auto und gab Pamela einen kurzen Kuss. Er begrüßte seinen Freund per Handschlag und fragte, wie der Tag gewesen sei. Sie nahmen Platz und erzählten bei Tee und Gebäck, was man in London oder zu Hause erlebt habe. Robert erklärte, leider müsse er an beiden nachfolgenden Tagen noch einmal nach London, so dass er mit seinen Gesundheitsfragen doch mehr beschäftigt sei als ursprünglich angenommen.

Es sei schade, dass man kaum Gelegenheit habe, den Tag miteinander zu verbringen, zumal Paul ja so rasch wie möglich wieder heimmüsse. Pamela fiel ihm ins Wort und teilte ihrem Mann frohgemut mit: „Paul bleibt noch ein wenig länger, er fährt erst später."

„O, Paul", warf Robert ein, „das ist ja neu. Du hast gestern Abend doch gesagt, dass dein Flieger übermorgen gebucht sei."

„Das ist richtig, Robert", erwiderte der Angesprochene, „aber deine Frau machte den Vorschlag, übermorgen nach Bury zu fahren, wo ich früher oft bei meinen Großeltern war."

„Geht das denn so ohne Weiteres? Ich wollte dich gestern doch überreden, länger zu bleiben, und du sagtest, das sei nicht möglich."

„Deine Frau hat mich mit ihrem Charme betört und zur Verlängerung überredet."

„Ist ja interessant, dass das so ohne Weiteres möglich ist. So, und was hast du morgen vor?"

„Morgen würde ich gerne einmal nach Cambridge fahren. Es wäre ja schön gewesen, wenn du mitkommen könntest."

„Geht ja leider nicht, wie du weißt. Aber das wusste ich vorher ja auch nicht", entgegnete Robert.

„Aber ich könnte Paul ja begleiten, Bob," warf Pamela ein, denn meine Charity-Aufgaben für morgen kann ich auch noch um eine Woche verschieben. Wenn Paul mit meiner Gesellschaft einverstanden ist."

Der Angesprochene zögerte nicht lange, sondern entgegnete sofort: „Das ist doch keine Frage. Gerne natürlich!"

Robert spürte ein deutliches Unbehagen, denn die unerwartete Aufenthaltsverlängerung seines Freundes wie auch die schnelle Reaktion, gerne mit seiner Frau nach Cambridge zu fahren, weckten ein gewisses Misstrauen. „Man scheint sich ja gut zu verstehen", entfuhr es ihm, und er verließ die Teerunde.

Abends kamen sie noch einmal in kleiner Runde zusammen, Marius hatte sich ausgeklinkt, da er die Gespräche der Erwachsenen als langweilig erachtete. Paul erzählte von seinen Aufgaben im größten neuseeländischen Obst- und Gemüsekonzern, von seinen schwierigen Mitarbeitern und dem Bemühen, die marktbeherrschende Position langfristig zu bewahren. Robert und Pamela hörten ihm zu, ohne allerdings auf seine Berichte einzugehen. Die Gespräche verliefen einseitig, da Robert auch keine Ambitionen verspürte, seine Sorgen um das britische Gesundheitssystem in dieser Runde vorzutragen. Man war höflich und reserviert zueinander, Pamela enthielt sich jeglicher Reaktionen und versuchte lediglich, durch ihre Körperhaltung und Mimik eine freundliche Atmosphäre zu bewahren. Gegen 22.00 Uhr verabschiedete sich Robert mit der Begründung, er habe morgen einen harten Tag und müsse fit sein. Pamela folgte ihm zehn Minuten später, nachdem sie sich mit Umarmung und kurzem Gruß von ihrem Gast verabschiedet hatte.

Am folgenden Tag stiegen beide nach dem Frühstück in Pamelas Jaguar, um den kurzen Weg nach Cambridge zu bestreiten. Am Ziel angekommen, stellten sie den Wagen im Parkhaus der Innenstadt ab, wo Paul bereits bei den ersten Gebäuden in Begeisterung verfiel und von seinen Erinnerungen an die Colleges, Studentenkneipen und die langen Abende in den Parks schwärmte. „Du weißt, dass ich am Pembroke College studiert habe, dein Mann Robert am Trinity College. Wir haben uns abends oft hier getroffen, gemeinsam Sport getrieben und insbesondere im exklusiven Ruderverein mitgewirkt."

Pamela, die schon oft mit Robert in Cambridge gewesen war, hatte niemals von diesen Freizeitvergnügungen ihres Mannes gehört, obwohl Paul immer wieder von seinen Freunden erzählte. Paul berichtete Pamela, dass er sehr stolz auf seinen französisch klingenden Namen gewesen sei, denn immer wieder sei er gefragt worden, ob er Franzose sei.

„Franzose – nein", führte Paul mit einer gewissen Genugtuung aus. „Aber französischer Abstammung, da meine Vorfahren als Hugenotten aus dem katholischen Frankreich geflohen sind. Du weißt, dass die meisten Hugenotten damals nach Deutschland gingen, da die protestantischen Fürsten um unsere Kompetenz und Gelehrsamkeit wussten. Meine Vorfahren wählten einen anderen Weg und kamen nach England, wo sie anfangs in der Nähe von Canterbury, später in London lebten."

In der Auslage des University Bookshop Cambridge stießen sie auf eine auffällig große Abbildung des englischen Hosenbandordens: Der Orden, dessen Mittelpunkt das rote englische

Georgskreuz auf weißem Grund war, präsentierte gut lesbar den schriftlichen Umlauf, den Paul in Bestätigung seiner französischen Abstammung laut verlas:

„Honi soit, qui mal y pense."

Sie schauten sich gemeinsam die Fotos der Feiern in Windsor Castle in den letzten Jahren an, als Paul sich an Pamela wandte: „Weißt du, wie die Deutschen das übersetzen?"

Pamela schien von dieser Frage überrascht und überfordert und entgegnete: „Keine Ahnung. Ich weiß nur, wie wir es verstehen." – „Die Deutschen übersetzen es: ‚Ein Schelm, der Böses dabei denkt.'"

„Nun, was soll es bedeuten?", war ihre Frage.

„Na ja", gab Paul als Erklärung, „das Wort Schelm im Deutschen meint so viel wie Narr oder Spaßvogel."

„Nun, unsere englische Übersetzung für ‚honi' meint ja ‚verachtet'. Was ist denn nun richtig?", fragte Pamela nach.

„Ja, du kennst die Geschichte der Entstehung", bemerkte Paul ein wenig süffisant und prüfte Pamelas Gesichtsausdruck, der verriet, dass ihr der ursprüngliche Vorgang nicht bekannt war. Paul spitzte den Mund, um seinem Gegenüber mit prüfendem Blick mitzuteilen: „Es war zur Zeit des Königs Edward III. im ausgehenden Mittelalter. Bei einer Tanzveranstaltung verlor seine Maitresse Catherine Grandison pikanterweise ihr blaues Strumpfband, das der König aufhob. Die anwesenden Gäste verhehlten ihr Gelächter nicht, als sich Edward das Strumpfband selbst um den Arm band. Er kommentierte die Situation mit den französischen Worten ‚Honi soit qui mal y pense'." Und er fragte Pamela nach der angemessenen Übersetzung: „Was sagst du dazu?"

Und Pamela zögerte nicht, sofort zu erklären, dass die englische Übersetzung richtig, die deutsche doch eher schlüpfrig sei. Und sie richtete an Paul noch einmal die Frage: „Was meinst du?" Paul verzögerte die Antwort, warf Pamela schließlich einen lasziven Blick zu, um letztlich zu antworten: „Ich finde die deutsche Version ganz sympathisch."

Pamela und Paul gingen in eine Sandwichbar, tranken Tee und bestellten Scones, um anschließend am River Cam zu flanieren, der an beiden Ufern von jungen Leuten auf dem Rasen gesäumt wurde. Sowohl für Paul als auch Pamela war es ein wunderschönes Bild zu sehen, wie die schmalen Boote in so genannten Punting-Tours die Touristen durch die Stadt fuhren. Ein Hauch von Venedig kam bei ihnen auf, zumal der Baustil von Häusern und Brücken vielfach an die Lagunenstadt in Italien erinnerte. Der Spaziergang entlang des Flusses und durch die engen Gassen der Altstadt wie auch der Blick auf die mittelalterliche Kulisse ließen bei ihnen ein angenehmes Gefühl aufkommen, hinter dem die Belastungen und Sorgen des Alltags vollkommen zurückblieben.

Der Höhepunkt des Stadtrundgangs war zweifelsohne der Besuch im King's College, das bereits von außen ein erhebendes Bild vermittelte. Überwältigend war allerdings der Blick in die Kirche, die durch ihre Größe und phantastischen Deckengewölbe atemberaubend auf alle Besucher wirkte. Als sie durch den Lettner, die Trennwand des Gebäudes, schritten, fiel ihr Blick auf die Glasfenster, die zur Zeit Heinrichs VIII. angefertigt worden waren. Pamela, die ja bereits mehrfach in Cambridge gewesen war, niemals aber einen solch intensiven Besuch der Örtlichkeit vorgenommen hatte, versuchte zu verstehen, welche Bedeutung den einzelnen Fenstern zukam: „Das ist die Kreuzigung Jesu Christi", wusste sie zu erklären. „Und das wird die Versuchung Evas im Paradies sein." Sie gingen gemeinsam eine Reihe der schönsten Fenster durch, bis sie im oberen Bereich auf eine Abbildung starrten, die sie beeindruckend fanden, aber nicht verstanden. Paul bot sich an, einen Angestellten des College zu fragen, der ihm zur Antwort gab, es handele sich um eine besondere Komposition, da der König Salomon des Alten Testaments die Königin von Saba empfange. Die Besonderheit liege allerdings darin, dass der Künstler bewusst den jungen König Heinrich in der Verkleidung des Salomon dargestellt habe.

Mit Blick auf die Uhr erinnerte Pamela, dass es wunderschön sei, die Stadt und Colleges von Cambridge unter diesen Bedingungen zu erleben, sie sollten aber allmählich wieder nach Hause fahren, da Robert angekündigt hatte, wieder rechtzeitig aus London zurückkommen zu wollen.

Sie traten die Heimreise am späten Nachmittag an und waren schlichtweg erstaunt, Robert bereits zu Hause anzutreffen, denn sie hatten ihn noch nicht erwartet. „Seid ihr auch schon da", rief er kurz angebunden zur Begrüßung und begab sich in sein Arbeitszimmer. Pamela folgte ihm und fragte, ob etwas nicht in Ordnung sei.

„Was soll schon sein?", entgegnete Robert, warf ihr aber keinen Blick zu und verließ den Raum. Im Eingangsbereich des Hauses begegnete ihm sein Mitarbeiter Alexander Casa, den er nach seinen Beobachtungen über seinen Freund befragte. Alexander zögerte ein wenig, um nach Roberts wiederholtem Insistieren zu sagen, Paul und Pamela schienen sich wohl gut zu verstehen. Robert hakte nach und bat ihn, mehr zu erzählen. „Nun ja", stotterte Alexander, „er fasste sie heute Morgen an, sie gingen Hand in Hand durch Haus und Garten, bevor sie nach Cambridge fuhren." Alexander beendete mühsam das Gespräch mit dem Hinweis, mehr könne und wolle er nicht sagen.

Pamela hatte bemerkt, dass Robert gereizt war, und war ihm deshalb nicht gefolgt. Im Wohnzimmer des Hauses saß Paul und freute sich, die Frau seines Freundes wiederzusehen. „Morgen fahren wir dann nach Bury St. Edmunds, wo ich dir viele Begebenheiten aus meiner Kindheit erzählen kann. Bury war meine Kindheit, Cambridge meine Jugend. Und hier bin ich als Erwachsener", sprudelte Paul heraus, der die offenkundige Verstimmtheit seines Freundes noch nicht vernommen hatte. Am Abend kamen die drei noch einmal zusammen, doch die Atmosphäre war kalt. Robert ergoss sich nur in kurzen Beiträgen und schien in Gedanken nicht den Gesprächen der anderen folgen zu wollen.

Paul entwickelte eine deutliche Zurückhaltung, als er die Stimmungslage erfasste. Pamela hatte sehr wohl die Situation im Blick und versuchte, durch beherzte Moderationen zwischen den beiden Herren zu vermitteln und die Atmosphäre zu retten. Mit einem kurzen „Gute Nacht" ging Robert in sein Zimmer. Pamela und Paul waren auf sich allein gestellt, thematisierten die Situation aber nicht weiter, sondern verabschiedeten sich mit kurzem Blick auf den nächsten Tag.

Nach einem kurzen Frühstück zu dritt – Marius war wieder einmal am Morgen dabei – fuhren Paul und Pamela ins nur wenige Meilen entfernte Bury St. Edmunds. Beim Eintritt in die Stadt fuhren sie zur High Street, wo sie das Fahrzeug parken und verlassen konnten. Sie warfen Münzen ein bis 15.00 Uhr. Paul war entzückt: Die meisten Häuser der Straße sahen so aus wie vor dreißig Jahren. St. Mary's Church am Rande der gewaltigen Klosteranlage aus dem Mittelalter hatte noch dieselbe Formation und Ausstrahlung wie zu früheren Zeiten. Paul wurde an Spaziergänge mit seinem Großvater erinnert, das Café am Ende der Straße hatte sich nicht grundlegend gewandelt. Er spürte ein Hochgefühl und war übermannt von der imposanten Anlage, die er in dieser Form von seiner neuen Heimat her gar nicht mehr gewohnt war.

„Hier hat mir Opa berichtet, wie die Benediktinermönche die gesamte Umgebung bewirtschafteten und entsprechend ihrem Wahlspruch ora et labora tatkräftig das Umland fruchtbar machten, als sie ihren christlichen Glauben an die Bevölkerung weitergaben. Opa hat mir immer so viel erzählt, denn er war bei der Stadtverwaltung für Heimatgeschichte zuständig." Pamela war berührt von der Emotionalität und Ergriffenheit ihres Begleiters und schämte sich, dass sie als Engländerin, die nahe der Stadt wohnte, niemals mit solchen Fragen konfrontiert worden war. Paul wusste zu berichten, dass der damalige Abt Sampson eigens nach Deutschland gereist war, wo der berühmte englische König Richard Löwenherz gefangen gehalten wurde. In der Abtei habe sich dann der englische Hochadel zusammengefunden, um dem neuen König Johann

Ohneland die Mitbestimmungsrechte abzutrotzen, die sich wenig später in der berühmten Magna Carta niedergeschlagen hätten. „Lass uns doch die Abbot Road aufsuchen, Nr. 68, wo Oma und Opa früher wohnten", unterbrach Paul ihre Gedanken und wies in Richtung Westen, von wo aus sie gekommen waren. Er fasste ihren Arm und ging mit ihr langsam in die avisierte Richtung.

Paul war glücklich, dieses Wiederaufleben seiner Kindheit in der angenehmen Begleitung vornehmen zu können. Die Kindheit verklärte sich so, und er sah in Pamela sozusagen all das wieder, was seine Kindheitserfahrungen nur ansatzweise vermitteln konnten. So erzählte er ohne Unterbrechung, zwischendurch nur durch wenige Fragen von Pamela begleitet. Doch beide zogen sie mit heißem Herzen, glücklich und frohgemut durch die malerischen Gassen der alten Stadt. Geschichte und Stadt, Gesellschaft und Kindheitserinnerungen: Für Paul waren es sehr schöne Stunden. Für Pamela ein erhebender Gewinn an Geist und Seele, da ihre nähere Heimat durch die liebevolle Begleitung eine enorme Aufwertung erfahren hatte.

Es näherte sich die Zeit, zum Fahrzeug zurückzukehren. Und so fuhr Pamela wieder die vertrauten Wege nach Chorleywood zurück – mit einem Gefühl warmer Erinnerungen. Zu Hause angekommen, stand Robert schon am Eingangsportal des Hauses, begrüßte sie mit: „Habt ihr euch gut amüsiert?", und zog sich ohne weitere Bemerkungen in das Haus zurück.

Paul ging auf sein Zimmer, um seine Sachen für den bevorstehenden Abreisetag zu packen. Pamela fand ihren Mann im Schlafzimmer, wo dieser sie mit weit geöffneten Augen anfuhr: „Bist du nun zum Flittchen geworden?" Pamela traute ihren Ohren nicht und fragte ganz ruhig, was denn los sei. „Hast du heute Schwierigkeiten in London gehabt?" Diese Bemerkung erwies sich als völlig unpassend, denn Robert wiederholte seine Frage, um anzuschließen: „Du kannst mit deinem Freund ja morgen gleich mitfliegen."

Pamela bemerkte, was brannte, und erklärte ihrem Mann: „Wir waren gestern in Cambridge, heute in Bury St. Edmunds – sonst nichts. Paul fliegt morgen nach Hause. Das ist alles!"

Wutschnaubend wandte sich Robert ihr zu:

„Er wollte doch heute schon weg sein. Dringende Geschäfte zu Hause. Ich forderte ihn auf zu bleiben. Er konnte angeblich überhaupt nicht. Und du? Du machst ihm schöne Augen, turtelst mit ihm herum und weiß Gott, was sonst noch. Und er kann noch bleiben. Besser wäre er nie gekommen, aber dann hättest du ja ein paar Abenteuer weniger gehabt." – „Abenteuer, mein Lieber?", erwiderte Pamela fassungslos. „Abenteuer? Das darf doch wohl nicht wahr sein. Die Fahrt nach Bury nennst du ein Abenteuer."

Robert ereiferte sich: „Ich habe doch sofort gesehen, was bei euch abläuft. Der war gleich scharf auf dich, und du hast dich in deiner bekannten Eitelkeit geschmeichelt gefühlt. Du hast dich ihm angebiedert, ihn gelockt und mit deinen Waffen gefügig gemacht. Der hat doch nur noch dich im Kopf, und wer weiß, was ihr sonst noch alles getrieben habt."

„Du bist unmöglich und beleidigend, Bob", hielt Pamela ihm entgegen. „Deine Phantasie hat dich ja früher auch schon mal betrogen. In dieser Frage bist du vollkommen auf dem Holzweg und unterstellst mir Ungeheuerliches. Das hätte ich von dir nicht erwartet."

Sprach's und verließ den Raum.

Robert ließ nicht locker und ließ wie am Vortag Alexander noch einmal kommen.

„Was hast du beobachtet?", war seine direkte Frage.

Alexander antwortete pflichtgemäß, was er beiläufig gesehen hatte: „Sie küsst ihn und kichert die ganze Zeit. Sie verdrücken sich in schattige Ecken und liegen sich in den Armen. Er findet wohl eine große Befriedigung in ihrer Gesellschaft."

„Befriedigung?", entfuhr es Robert.

„Was soll das heißen?"

TEIL III

Leontes:
Ist Flüstern nichts?
Wange an Wange legen?
Nasenspiele?
Mit feuchten Lippen küssen?

(Das Wintermärchen, 1. Akt, 2. Szene, 284 ff.)

Im Eingangsbereich des Hauses begegnete Pamela Paul, der sofort merkte, dass etwas nicht stimmte.

„Kann ich dir helfen, Pamela?" Sofort brach sie in Tränen aus, worauf er sie in den Arm nahm. In dem Moment trat Robert zu ihnen und reagierte sofort: „Ich habe es gewusst! Ihr alle beide. Fahrt doch zur Hölle!"

Er drehte sich um und bestieg seinen Daimler, um erst am nächsten Tag wieder zurückzukehren.

Robert rief vom Auto aus Alexander an: „Ich habe ein dringendes Problem, bei dem du mir Beistand leisten musst." Und er schilderte ihm die Beobachtungen der vergangenen Tage.

„Daher erwarte ich von dir, dass du morgen Abend nach Hause kommst und von mir Instruktionen entgegennimmst, wie wir diesem feinen Herrn zukünftig begegnen. Mit Antony werde ich auch sprechen, damit wir in Zukunft klarsehen."

Am nächsten Tag kam Alexander gegen 17.00 Uhr zu Robert, der ihn sofort in sein Arbeitszimmer dirigierte. Sehr unvermittelt begann er wütend seine Stellungnahme:

„Dieser feine Herr, der vorgibt mein Freund zu sein, kommt nach England unter einem Vorwand, um in Wirklichkeit meine Frau zu ködern. Seine eigene Frau hat ihn vor einiger Zeit verlassen, und er befindet sich offensichtlich in einem sexuellen Notstand, der bei ihm alle Schleusen geöffnet hat. Ich höre, wie er zu meiner Frau sagt, er brauche Freude und Befriedigung. Der Mensch scheut sich nicht, mit meiner Frau jede Gelegenheit zu nutzen, seinen Frust zu überwinden.

Ich hätte es wissen müssen, da schon in unserer gemeinsamen Zeit keine Frau vor ihm sicher war. Das hat mich alles nicht direkt berührt, aber es war bisweilen äußerst peinlich, wie er sich aufführte. Ich erinnere mich noch an Cambridge, wo er mir ganz stolz von seinen One-Night-Stands erzählte. Ich habe das damals gar nicht ernst genommen, da viele Kommilitonen so redeten. Aber offensichtlich ist er noch immer dieser Schürzenjäger, vor dem keine Frau sicher ist. Seinen Notstand hat er ausgekostet, um sich hier in England auszutoben und meine Frau gefügig zu machen. Ich weiß ja, dass

Pamela für Komplimente und zweideutige Anspielungen schon immer ein offenes Ohr hatte. Sie braucht das für ihr eigenes Ego, und je mehr so ein aufgeblasener Gockel vor ihr balzt, umso mehr ist sie bereit, ihre eigenen Reize einzusetzen.

Wie kann ich noch ins Bett gehen und schlafen wollen, wenn ich weiß, was gespielt wurde. Mein Haus ist zu einem Bordell, mein Schlafzimmer zu einem Liebesnest geworden." Robert hatte sich in Rage geredet und legte eine kurze Pause ein. Er ging zum Fenster und blickte für einen Moment hinaus, um dann fortzufahren: „Alexander, ich erwarte, dass du diesem geilen Bock sofort ausrichtest, er habe mein Haus unverzüglich zu verlassen, den Rückflug anzutreten, so dass ich ihn nie mehr in meinem Leben wiedersehe. Sollte er dieser Aufforderung nicht nachkommen, werde ich die Polizei holen, mein Hausrecht anwenden, erwägen, ihn rechtlich zu belangen, und dafür Sorge tragen, dass seine berufliche Karriere in seiner Heimat sofort ein Ende findet."

Alexander war sehr betroffen, denn er hatte einen solchen Zornesausbruch bei Robert noch nicht erlebt. Er antwortete nicht sofort, sondern sagte schließlich recht zögerlich: „Sind Sie sicher, Mr. Cohen, dass Ihre Frau so eng mit Ihrem Gast verbunden ist? Wissen Sie das alles so genau? – Ich habe da meine Zweifel, zumal ich die beiden sehr oft in diesen Tagen beobachtet habe. Sie mögen sich – offensichtlich. Sie vertragen sich – ja. Sie unternehmen gemeinsame Fahrten – selbstverständlich, denn Sie sind ja durch Ihre Arbeit verhindert. – Aber sonst?"

Wütend wies Robert Alexander zurecht: „Wenn du nicht begriffen hast, was hier läuft, kannst du sofort deine Sachen packen und eine neue Arbeit suchen. Ich erwarte, dass du mir in dieser Angelegenheit bedingungslos folgst und mich uneingeschränkt unterstützt. Andernfalls sind wir geschiedene Leute, damit wir uns klar verstanden haben."

Kleinlaut erklärte Alexander, es gebe keine Frage, dass er seinem Vorgesetzten helfen werde. Er habe nur vorgebracht, was er in den vergangenen Tagen beobachtet hatte. Nicht mehr und nicht weniger.

„Der Kerl erklärt, er müsse nach Hause", wandte Robert lautstark ein, „wenn ihn die Dame aber bittet zu bleiben, hat er Zeit. Er trickst und lügt, betrügt und hintergeht mich." Und nach einer kurzen Pause beschloss er das Gespräch: „Du gehst sofort zu ihm, wenn er im Wohnzimmer sitzt, und richtest ihm aus, was ich dir gesagt habe." Wortlos verließ Alexander das Zimmer, um – wie geheißen – Paul aufzusuchen. Er sah sich in großen Schwierigkeiten, da er die Ansichten und Einschätzungen seines Chefs nicht nachvollziehen konnte, andererseits aber auch nicht illoyal sein wollte, da es Teil seines Charakters war. Letztlich wusste er genau, dass er ohne Arbeit wäre, wenn er in der Frage nicht den Auftrag seines Chefs ausführen würde.

Paul saß allein im Wohnzimmer, da er und Pamela keinen Vorwand für weitere Spekulationen liefern wollten. „Mr. Austère, kann ich Sie mal einen kurzen Moment sprechen", begann Alexander das Gespräch. Paul nickte abwartend und sagte: „Bitte sehr."

„Es geht um Ihren Aufenthalt in Chorleywood", sagte Alexander. „Da hat es wohl einige Unstimmigkeiten gegeben." Paul reagierte nicht, sondern folgte den Ausführungen Alexanders wie versteinert. „Ihr Freund Robert", setzte Alexander fort, „glaubt wohl, dass die Begegnungen zwischen Ihnen und seiner Frau sehr vertraulich gewesen seien. Zumindest vertritt er die Auffassung, dass Sie seiner Frau zu nahegetreten seien."

„Ich bin mir dessen bewusst", entgegnete Paul, „doch ich empfinde es als ehrabschneidend und infam, wenn Robert solche Geschichten über uns in Umlauf bringt. Ich habe auch nicht die Absicht, weiter zu kommentieren, was jeglicher Grundlage entbehrt. Die Beleidigungen meines ehemaligen Freundes lasse ich mir nicht mehr bieten. Ich reise morgen früh ab. – Für Pamela tut es mir sehr leid, denn sie ist eine äußerst charmante Frau, die völlig zu Unrecht von ihrem Gatten verdächtigt wird. Wenn er ein Problem hat, darf er nicht andere Personen dafür verantwortlich machen. Seine Eifersucht hat sich ja ins Unermessliche gesteigert, nimmt nahezu paranoide Züge an. Damit sollte er sich einmal behandeln lassen."

Alexander war erleichtert, einen solch verständigen Gesprächspartner gefunden zu haben, denn prinzipiell konnte er Pauls Auffassung gut nachvollziehen. Sein Entschluss, am nächsten Tag abzureisen, enthob Alexander der unangenehmen Aufgabe, ihn zum Verlassen des Hauses aufzufordern.

Er kommentierte die Angelegenheit nicht weiter, machte aber durch seine Mimik und Handbewegung deutlich, dass er kein gnadenloser Vollzugsgehilfe seines Chefs sein wollte, sondern Verständnis für Pamela und Paul hatte. Mit einem kurzen „Farewell" verabschiedete er sich von Paul und verließ den Raum.

Für Pamela und Paul war der Tag endgültig gelaufen, der Besuch im Hause Cohen war für beide nun ein Fiasko geworden, obwohl die Tage zuvor wunderbar gewesen waren. Nach dem Abendessen, bei dem nicht gesprochen wurde, gingen die beiden getrennte Wege. Paul verabschiedete sich und sagte, dass er für den frühen Morgen ein Taxi bestellt habe, das ihn zum Flughafen bringen werde.

Wahrscheinlich könne er Pamela nicht wiedersehen. Letztere weinte, nahm ihn in den Arm und dankte für seinen Besuch. Sie bat darum, ein Lebenszeichen von Paul zu bekommen, sobald er angekommen sei, küsste ihn auf die Wange und verließ ihren Gast.

Der Blick aus dem Haus der königlichen Familie gab den Blick frei auf das Theater von Taormina und den Ätna.

TEIL IV

Polixines:
Der König läuft mit einer Miene rum,
als hätt' er 'ne Provinz verloren.

(Das Wintermärchen, 1. Akt, 2. Szene, 368 f.)

Am frühen Morgen fuhr das Taxi gegen 6.00 Uhr vor, Paul verließ das Haus ohne Frühstück und Verabschiedung und trug ein sehr beklemmendes Gefühl mit sich. Hatte alles so euphorisch begonnen, hatte er geglaubt, im Hause seines Freundes Robert willkommen zu sein, so hatte sich die Begegnung doch zu einer fürchterlichen Tragödie entwickelt.

Das Verhältnis zu seinem Schulfreund war völlig beschädigt, das Wiedersehen mit Robert hatte eine unglaubliche Wende angenommen. Die Reise in die alte Heimat endete für ihn in einer Katastrophe. Auch die Freude über die unerwartet angenehme und herzliche Begegnung mit Pamela konnte nicht darüber hinwegtäuschen, dass der Besuch nach England ein Fiasko war: Kein Abschied, tiefe Verstimmung, Unterstellungen und abgrundtiefes Misstrauen. Der Heimflug nach Neuseeland war eine Reise ins Ungewisse, eine bittere Enttäuschung im Leben eines Mannes, der doch nur das Beste wollte.

Pamela musste nach einer schlaflosen Nacht ebenso zur Kenntnis nehmen, dass sie zwar einen lieben Menschen kennengelernt hatte, die Liebe zu ihrem Ehemann allerdings ganz schweren Schaden genommen hatte.

Man begegnete sich in den nächsten Tagen mit Misstrauen. Schweigend wurden die gemeinsamen Mahlzeiten eingenommen. Auch Marius, der unbeteiligte Sohn des Hauses, spürte die Verstimmung seiner Eltern sehr deutlich, wagte es aber nicht zu fragen, warum die Stimmung im Haus plötzlich so eisig war.

TEIL V

Hofdame:
Sie wird schon recht füllig –
schenk der Herrgott gute Niederkunft!

(Das Wintermärchen, 2. Akt, Szene 1, 19 f.)

Pamela verfolgte ihre Monatsblutungen und bemerkte nach einigen Tagen, dass ihre Regel ausblieb. Um sich zu vergewissern, welchen Hintergrund sie dafür vermuten konnte, begab sie sich zu ihrem Gynäkologen, der ihr schnell bescheinigen konnte, dass sie schwanger sei. Eine Nachricht, die Pamela mit Freude und gleichzeitig mit Sorge erfüllte, denn sie wusste, dass die Weitergabe dieser Neuigkeiten Robert sehr beunruhigen würde. Am Abend nahm sie die Gelegenheit wahr, ihren Mann um ein Gespräch zu bitten.

„Bob, ich muss dir etwas sagen."

Robert blickte auf und machte durch seinen Gesichtsausdruck deutlich, dass er mehr an Informationen erwartete.

„Wir erwarten ein Kind." Und nach einigen Sekunden: „Der Arzt führte mit mir einen Schwangerschaftstest durch. Ich bin in Umständen." Vorsichtig blickte sie Robert an und bemerkte, dass sich sein Gesicht verfinsterte. Schweigen für einen kurzen Moment, bis es ihm entfuhr: „Das habt ihr ja gut gemacht." – „Ihr?", wandte Pamela ein. „Du bist der Vater. Wir haben uns doch sehnlichst ein zweites Kind gewünscht."

Wiederum eine längere Pause, bis Robert errötete und herausschrie: „Monatelang hat es nicht geklappt. Und dieser Hurenbock schafft es gleich beim ersten Mal." Sie schwieg, bis er sie anfuhr: „Ihr habt es doch getrieben. Du bist sein Betthäschen, das nur darauf gewartet hat, dass er sich hier länger aufhielt, um es dir zu besorgen."

Sprach es, stand auf und schlug seiner Frau mit der Handfläche ins Gesicht: „Das Kind ist nicht von mir. Und deshalb wird hier im Haus kein Bastard geboren. Geh zu deinem Arzt, und mach es weg."

Pamela antwortete unter Tränen: „Das werde ich nicht tun. Das Kind ist von dir und sonst niemandem. Ich werde nicht abtreiben."

„Dann scher dich zum Teufel, und hau ab. Mit dir will ich nichts mehr zu tun haben. Ich erwarte von dir, dass du dieses Haus in den nächsten drei Tagen verlässt. Sonst werde ich andere Maßnahmen veranlassen."

Wutentbrannt verließ Robert das Zimmer und überließ seine völlig verstörte Frau sich selbst. Für ihn gab es überhaupt keine Frage: Pamela hatte Paul so lange bezirzt, bis dieser keinerlei Hemmungen mehr hatte, bis zum Äußersten zu gehen. Robert erinnerte sich an frühere Zeiten, als er hautnah die Schwächen seines alten Freundes miterleben durfte. Sobald bei ihm ein bestimmter Punkt erreicht und überschritten war, brannten bei ihm alle Sicherungen durch und mutierten ihn zum unberechenbaren Reißer.

Pamela verstand sich auf solche Typen und war ihm bereits früher schon einmal entglitten. In diesem Moment fühlte Robert sich völlig hilflos; seine Frau war für ihn fremd und verloren. Die Tatsache, dass die vertrauten Umgangsformen, das berechenbare Verhalten seiner Ehepartnerin nicht mehr erkennbar waren, entfachte in Robert einen unbändigen Zorn. Er hatte das Gefühl, dass alle Mechanismen der Kontrolle und Steuerung ihres gemeinsamen Lebens zerbrochen waren.

Auch in vergleichbaren Momenten ihrer bisherigen Ehe hatte er dann den Eindruck gewonnen, Pamela sei ein anderer Mensch geworden, der von einem unbändigen Drang zur Selbstverwirklichung getrieben werde.

Wiederholte Male waren solche Situationen in ihrem gemeinsamen Leben aufgetreten, konnten letztlich aber wieder durch Ereignisse des Alltags überlagert werden. Dass aber nun auch Paul diese Karte reizte und die Veranlagung seiner Frau so hemmungslos ausnutzte, hatte er nicht erwartet.

Ja, es musste gleichsam zum Knall, d. h. zum Schäferstündchen der beiden kommen, da Pamela ihre Selbstbestätigung durch Paul, dieser hingegen seine Bestätigung durch sie brauchte.

Für ihn, Robert, blieb nur die wütende Rolle des gehörnten Ehemanns, der die Entwicklung in seinem Haus ohne eine Möglichkeit der Einwirkung und Kontrolle hinnehmen musste.

Für Pamela war all das zu viel, und sie wusste sich nicht mehr zu helfen, als eine alte Freundin der Familie anzurufen, die viele Jahre zusammen mit ihrem Mann für die Cohens gearbeitet hatte.

Paulina Perrar und ihr Mann Antony lebten im Nachbarort und waren Angestellte des Hauses, zu denen das Ehepaar Cohen aber immer freundschaftliche Bindungen gepflegt hatte. Paulina versprach, am nächsten Morgen vorbeizukommen und mit Pamela in Ruhe über den Streit zu sprechen.

Gegen 9.00 Uhr konnte Pamela Paulina zu Hause in Empfang nehmen und ihre schwerwiegenden Sorgen übermitteln.

Unter Tränen erklärte Pamela, sie fühle sich abgrundtief getroffen, da ihr unterstellt werde, sie habe zusammen mit Camillo eine Verschwörung gegen ihren Mann angezettelt. Sie sei sich in der Angelegenheit überhaupt keiner Schuld bewusst, da nicht einmal im Ansatz erkennbar sei, sie habe sich gegen ihren Mann verschworen. Sie müsse einräumen, dass sie Paul Austère sehr möge.

Er habe ihr Selbstbewusstsein gehoben, sie so angenommen, wie sie sei, und ihr das Gefühl gegeben, eine Frau mit Stil und Charakter zu sein. Daran könne sie nichts Verwerfliches finden. Alle Anschuldigungen, sie seien intim gewesen und hätten Sex miteinander gehabt, seien völlig abwegig und aus der Luft gegriffen.

Paulina hörte ihr schweigend zu und erklärte, dass sie ihr uneingeschränkt glaube und sie unterstützen werde, wo immer es möglich sei. Die freundschaftlichen Bindungen zu Pamela waren immer sehr eng gewesen, seit langer Zeit hatten beide ein Vertrauensverhältnis zueinander, das sich in dieser Situation uneingeschränkt bewies.

„Abtreiben werden wir nicht, Pamela. Auch wenn dein Mann das möchte. Ich weiß aber nicht, wie Antony das sehen wird, denn er ist ja immer ein treuer Angestellter eures Hauses und deines Mannes gewesen. Wir müssen überlegen."

„Was ist mit Alexander Casa?", warf Pamela ein. „Er ist doch immer ein besonnener Mensch gewesen, als er noch in unseren Diensten stand. Sollen wir ihn auch in unsere Sache mit einbeziehen?"

„Ja, unbedingt", wusste Paulina zu antworten. „Er kann uns auch Tipps geben, wie wir weiter verfahren sollen. Ich werde ihn anrufen." – „Was soll ich denn jetzt machen?", fragte Pamela hilfesuchend und fing erneut an zu weinen.

Paulina nahm ihre Freundin in den Arm und strich über ihre Haare. „Wir werden einen Weg finden. Du solltest jetzt vielleicht bei uns bleiben, bis wir weitergesehen haben", schloss Paulina das Gespräch ab und schritt zum Telefon. Alexander war am Ende der Leitung und ließ sich alles erzählen. „Wenn ihr wollt, Paulina, kann ich heute Nachmittag einmal zu euch kommen, und wir können alles Weitere besprechen. Was sagt denn dein Mann dazu, Paulina?" – „Er weiß noch nichts, aber du weißt, dass er ein Vertrauter von Robert ist. Wenn Robert ihm aufträgt, Pamela nachzustellen, wird er das tun. Er ist so stark auf ihn fixiert, dass ich keine Hilfe von ihm erwarte. Das ist die traurige Wahrheit. Wir sehen uns heute gegen 15.00 Uhr, okay?"

Paulina hatte die Situation richtig eingeschätzt, denn als sie ihren Ehemann Antony von der Angelegenheit unterrichtete, gab er sich sehr zurückhaltend. „Gegen meinen Chef werde ich nichts unternehmen. Wenn er der Überzeugung ist, dass seine Frau ihn betrogen hat, weiß er, was er sagt. Robert wird sich bestimmt bei mir melden.

Und nicht viele Minuten später klingelte bei Casas das Telefon. Robert verlangte Antony an den Apparat und berichtete ihm, was sich aus seiner Sicht in den vergangenen Tagen ereignet hatte.

„Antony, du musst unbedingt zu mir kommen. Wenn nicht heute, dann spätestens morgen. Ich lasse mir das nicht bieten, was mir angetan wurde."

Antony überlegte und ließ Robert wissen, dass er am nächsten Morgen bei ihm sein könne. „Chef, Sie wissen, dass ich Sie nicht im Regen stehen lasse", waren seine Worte, bevor er den Hörer auflegte.

Pamela und Paulina, die dem Gespräch beigewohnt hatten, blickten sich vielsagend an und verließen den Raum.

Am nächsten Morgen gegen 9.00 Uhr fuhr Antony mit seinem Mini zu Robert und ließ sich den gesamten Vorgang noch einmal berichten. Der scheinbar gehörnte Ehemann war entschlossen, mit aller Konsequenz die Angelegenheit anzugehen.

„Wie sicher sind Sie, Mr. Cohen, dass Paul mit Ihrer Frau ein Verhältnis hat?"

„Absolut sicher! Die Sache ist ganz eindeutig", entgegnete dieser. „Ich fordere ihn auf zu bleiben. Er sagt, er müsse dringend seine Heimreise antreten. Pamela macht ihm schöne Augen und bittet ihn, mit ihr nach Cambridge und Bury St. Edmunds zu fahren, und er bleibt.

Sie erzählt mir, dass sie noch immer nicht schwanger ist. Er ist bei uns zu Gast, und sie wird schwanger. Gelegenheiten hatten die beiden genug. Sie belügt mich schamlos und erklärt, das Kind sei von mir. So viel Unverfrorenheit hätte ich ihr gar nicht zugetraut."

Und nach einer Pause: „Das Kind kommt nicht zur Welt. Weg damit. Die Hure von Mutter soll der Teufel holen. Ich will sie nicht wiedersehen. Bring sie irgendwohin, wo sie niemand kennt. Ich werde ihr keinen Unterhalt zahlen. Sie soll verrecken in Gottes Namen."

Robert sah sich als Opfer einer Verschwörung, deren Beweise für ihn offen auf dem Tisch lagen: Sein ehemaliger Freund Paul war nach einigen Ehejahren frustriert und auf der Suche nach einem Abenteuer. Dazu nutzte er die Reise nach England, um ihm seine Frau, die hübsch und attraktiv war, auszuspannen. Einige der Hausangestellten hatte er gleich auf seine Seite gezogen und sie mit lukrativen Angeboten gefügig gemacht.

Als Drahtzieher sah er dabei Alexander Casa an, der mit Paulina und Pamela seit Jahren gegen ihn gearbeitet habe. Im Rückblick seien die drei ihm schon immer ein Dorn im Auge gewesen, da sie seinen beruflichen Werdegang sowie sein Privatleben seit jeher ausspioniert hätten und ihm in allen Fragen seines bisherigen Lebens in den Rücken gefallen seien. Für Robert war es eindeutig, dass das Ganze nur die Spitze des Eisbergs sei, der sich schon seit langer Zeit aufgebaut habe.

Wenn Paul nun seine Frau Pamela geschwängert hatte, war es völlig klar, was er wollte: Nach der gescheiterten Ehe in Neuseeland eine neue Frau an sich binden, die ihm bei seinen beruflichen Ambitionen hilfreich zur Seite stehen würde. Amerikanische Verhältnisse auch bei den Kiwis: Eine hübsche Frau an der Seite des Mannes ist der Garant für jeden beruflichen Erfolg.

Diese niederträchtige Vorgehensweise würde er nicht hinnehmen. Wer ihn in dieser Frage jetzt nicht unterstütze, sei sein Feind – sein Todfeind!

Antony vernahm die Ausführungen seines Chefs schweigend und sichtlich erschüttert, war aber dennoch überzeugt, dass dieser in heiligem Zorn und mit gutem Grund so gesprochen hatte.

„Chef, ich überlege, was zu tun ist. Lassen Sie mir ein wenig Zeit."

Sprach's und verließ das Haus.

Die Gerichtsverhandlung soll klären, wer der Vater des kleinen Kinds ist.
Das Orakel von Delphi bringt Licht an den Tag.

TEIL VI

Dion: Wenn's Orakelwort, versiegelt
von Apollos Hohepriester,
den Inhalt anzeigt, wird sich Wundersames
schnell allen offenbarn.

(Das Wintermärchen, 3. Akt, 1. Szene, 18 ff.)

Zwischenzeitlich hatten sich Pamela, Paulina und Alexander getroffen und über Möglichkeiten beraten, wie die Sache anzugehen sei. Alexander machte dazu den Vorschlag, mittels eines Gentests zu ermitteln, wer der Vater des ungeborenen Kinds sein könnte. Man solle bis zur Entbindung warten und dann ermitteln, ob Robert oder Paul der Vater sei.

Sowohl Pamela als auch Paulina waren von dieser Idee zunächst wenig angetan, ja hatten keine Hoffnung, durch eine solche Maßnahme Licht in das Dunkel der Angelegenheit zu bringen. In London gebe es zwar eine Reihe von Möglichkeiten, einen solchen Vaterschaftstest durchzuführen. Man benötige aber die Einwilligung der beteiligten Personen, was im Falle Roberts nahezu ausgeschlossen sei.

Dennoch wurde übereinstimmend festgestellt, dass es keine verlässlichere Methode gebe, als mittels einer DNA-Analyse zu ermitteln, ob Robert oder Paul der Vater des Kindes sei. Nach Abwägung aller Vor- und Nachteile wurde der Vorschlag gemacht, Antony zu bitten, er möge an Robert herantreten und ihm einen solchen Test nahelegen. Der Vorschlag, Antony anzusprechen, entsprang klar der Einschätzung, dass niemand sonst überhaupt die Chance hätte, ernsthaft über eine solche Möglichkeit mit Robert zu reden.

Die drei Anwesenden waren sich darin einig, dass Robert sie mit Sicherheit hochkantig des Raumes verwiesen hätte, wären sie auch nur ansatzweise mit einem solchen Vorschlag an ihn herangetreten. So kam es nun Paulina zu, am Abend ihren Mann zu fragen, ob er den Mut und die Entschlossenheit aufbringen könne, Robert an einem der nächsten Tage anzusprechen und ihm einen Vaterschaftstest nahezulegen.

Es wurde vereinbart, dass Pamela so lange im Hause Casa bleiben solle, bis der Sachverhalt geklärt sei. Ein Aufenthalt bei ihrem Ehemann wie auch den Perrars erschien aus verschiedenen Gründen zurzeit wenig opportun.

Zwischenzeitlich wurde eruiert, welche medizinische Einrichtung konsultiert werden solle. Dort könne dann auch das Kind zur Welt kommen.

Robert und Antony hatten mittlerweile vereinbart, dass Pamela alle Unterhaltszahlungen verlieren würde. Eine Abtreibungsklinik wurde beauftragt, Vorbereitungen für einen Schwangerschaftsabbruch vorzunehmen. Robert ging tatsächlich davon aus, dass seine Frau dazu gezwungen werden müsse. Antony war zwischenzeitlich durch seine Frau Paulina informiert worden, man solle zur Klärung des Sachverhalts einen Vaterschaftstest durchführen. So trat er auch mit Vorsicht und Zurückhaltung an Robert heran, um ihm von dem Ansinnen zu berichten. Erwartungsgemäß geriet Letzterer sofort außer sich und fuhr Antony an, so etwas komme für ihn überhaupt nicht in Frage. Vielmehr sei das eine Aufgabe, die allein dem feinen Herrn aus Neuseeland obliege, der sich ja wieder aus dem Staub gemacht habe. Er habe nichts zu verbergen, müsse somit auch nichts beweisen.

„Wer hat denn diese schlaue Idee aufgebracht?", fuhr er Antony an. „Wahrscheinlich doch wieder Alexander, der immer mit solch abstrusen Ideen aufwartet."

Antony versuchte, ihn zu beruhigen, und erklärte, alle Beteiligten seien übereingekommen, eine Methode zu wählen, um Licht in das Dunkel zu bringen. Dabei seien auch Überlegungen angestellt worden, ein ordentliches Gericht einzuschalten. Letztlich sei dies aber verworfen worden, da es heutzutage andere Mittel unterhalb der gerichtlichen Ebene gebe, um den Sachverhalt zu klären.

„Das hätte mir noch gefehlt", warf Robert ein, „eine Spermaprobe abzugeben, um den Hurenbock von den Kiwis zu entlasten."

Antony hatte sich mittlerweile informiert und konnte Robert die modernen Methoden zur Ermittlung von Vaterschaften mitteilen.

„Sie brauchen keine Spermaprobe abzugeben, sondern heutzutage wird das mit Speicheltests aller Beteiligten gemacht. Das geschieht mittels verschiedener DNA-Marker, die Sie über Stäbchen im Mundbereich, aber auch über andere Gegenstände, mit denen Sie Körperkontakt hatten, dokumentieren.

Diese Marker gehen in ein forensisches Labor, das die Auswertung und den Befund vornimmt. Damit kein Betrug erfolgen kann, wird ein Vier-Augen-Prinzip zugrunde gelegt, d. h., die Ergebnisse sind justitiabel und gesichert. Ausgewiesen für solche Untersuchungen ist das in London weithin anerkannte und seriöse Institut Medical Gene."

Robert blieb weiterhin bei seinem Nein und erklärte, das habe er überhaupt nicht nötig, zumal dies auch als ein Eingeständnis angesehen werden könne, er sei sich seiner Sache nicht sicher.

„Mr. Cohen, Sie wissen, dass ich in all den Jahren stets loyal an Ihrer Seite stand. Ich habe Sie nie im Regen stehen lassen, egal ob meine Frau meiner Meinung war oder nicht. Dennoch kann ich nicht verhehlen, dass ein solcher Test ratsam wäre. Es entfallen peinliche Spermienproben, Sie müssen sich nicht erniedrigen, eventuell Mitarbeiter des NHS miteinzubeziehen, was bei Ihrer Position verständlicherweise unangenehm sein könnte. Die heutigen Vaterschaftstests vollziehen sich geräuschlos und diskret. Lediglich im Streitfall werden Gerichte bemüht, doch dies scheint im vorliegenden Fall ja entbehrlich zu sein."

Mit Blick aus dem Fenster schwieg Robert lange Zeit. Er wandte sich um und bekannte mit fester Stimme:

„Das passt mir alles gar nicht in den Kram. Diese Herrschaften lassen sich immer wieder etwas Neues einfallen, um mir zuzusetzen. Ich kenne die intrigante Art Alexanders, der seine Gefolgsleute wieder gegen mich aufhetzt. – Im Augenblick sage ich gar nichts dazu."

Nach diesen Worten verabschiedete sich Antony von seinem Chef und erzählte am Abend seiner Frau von dem Gespräch.

„Du musst ihn dazu bewegen, ja zu sagen", erklärte Paulina.

„Es gibt keine sauberere Methode, als die DNA zu untersuchen. Wir haben schon Kontakt zu Paul in Wellington aufgenommen, der sofort in einen solchen Test eingewilligt hat. Er hat die Hoffnung, dass damit endlich Klarheit herbeigeführt werden könne und der fürchterliche Streit hoffentlich ein Ende finde.

Am folgenden Montag rief Robert in der Klinik an und richtete aus, seine Frau werde sich in Kürze melden, um ihre Schwangerschaft ärztlich begleiten zu lassen. Es sei aber völlig klar, dass das Kind nicht ausgetragen werde. Als leitender Mitarbeiter des NHS habe er das Recht zu entscheiden, ob das Kind abgetrieben werde oder nicht.

Die Mitarbeiter der Klinik zeigten sich sehr überrascht, kannten sie doch Robert Cohen namentlich, wiegelten jedoch seine Weisung erst einmal ab mit dem Hinweis, den Fall selbstverständlich prüfen zu wollen. Damit beendeten sie das Gespräch, um sich in der Angelegenheit intern zu beraten.

Einen Tag später erschienen Paulina und Pamela in der Klinik und schilderten den Fall. Paulina verwies darauf, dass die Mutter das Kind auf jeden Fall zur Welt bringen wolle – unabhängig davon, was der Ehemann sage.

Darüber hinaus sei man gerade in der Diskussion darüber, ob ein Vaterschaftstest durchgeführt werden solle, da der mögliche Vater unter Umständen nicht der Ehemann, sondern ein Herr aus Neuseeland sei.

Pamela und Paulina fuhren nach Hause und beschlossen, Pamela solle bei den Casas bleiben. Alexanders Frau Emma wie auch Paulina sollten sich um die gebeutelte Schwangere kümmern.

Antony, der seinen Chef Robert, aber auch seine Frau nicht verprellen wollte, versprach, die Angelegenheit so zu übermitteln, dass Robert sich mit der Entwicklung zufriedengebe und keinen Anlass habe, Verdacht zu schöpfen.

In den nächsten Tagen wandte sich Robert an Antony und ließ ihn wissen, vielleicht sei es doch ratsam, einen Vaterschaftstest durchzuführen, denn dann werde letztlich der Beweis für Pamelas Untreue erbracht. Antony zeigte sich über diese Entwicklung überrascht, war aber doch recht froh, da er darin die Möglichkeit sah, Klarheit in die verfahrene Angelegenheit zu bekommen.

Abends teilte er seiner Frau Paulina den Gesinnungswandel mit, die sofort bei Pamela anrief, um ihr die Neuigkeiten mitzuteilen. Pamela begann am Telefon zu weinen und erklärte, sie sei so tief verletzt, dass sie sich nicht wirklich freuen könne. Auf Nachfrage von Paulina ergänzte sie jedoch, dass sie sich wohl fügen müsse und einen DNA-Test mitmachen werde.

Paulina und Alexander entschlossen sich nun, die gesamte Angelegenheit in die Hand zu nehmen und alle erforderlichen Vorbereitungen zu treffen. Paul zeigte sich sehr verständnisvoll und schickte sogleich Beweisstücke, die seine potentielle Vaterschaft hätten bezeugen können, nach London. Unter Mithilfe eines medizinischen Instituts aus Wellington sandte er Unterwäsche, eine abgelegte Zahnbürste, Fingernägel und eine Speichelprobe nach London – Gegenstände, die dort keimfrei archiviert wurden.

Er fügte eine Notiz bei, in der er sich anbot, im Bedarfsfalle selbst noch einmal nach England zu kommen. Auch Robert hatte nun die Chance erkannt, durch ein engagiertes Mittun dafür Sorge zu tragen, dass seine Theorie des Ehebruchs endlich bestätigt und untermauert würde. Die Pläne zur Abtreibung des Kindes hatte er aufgegeben, als er festgestellt hatte, mit diesem Ansinnen gegen eine Wand des Intrigenkreises um die Mutter zu kämpfen. Er ließ sich aus dem Londoner Institut alle erforderlichen Voraussetzungen mitteilen, forderte aber eine unbedingte Diskretion ein, auf die er nicht verzichten könne.

Seitens des verantwortlichen Medical-Gene-Instituts wurde mitgeteilt, man müsse nun den Zeitpunkt der Geburt abwarten, um sodann entsprechende Proben von Mutter und Kind entnehmen und die Ergebnisse auswerten zu können.

Als das Kind vier Monate später zur Welt kam, wurden sofort die Gene vom Baby, seiner Mutter, Paul Austère und Robert geprüft. Die Beweisstücke zeigten ein eindeutiges Ergebnis: Die kleine Jacinda zeigte keine Verbindung zu Paul, sondern hatte dieselbe DNA wie ihr Bruder Marius, der zusätzlich zu einem Speicheltest in das Labor bestellt worden war. Der

Vater der Kleinen konnte nur Robert Cohen sein, es bestand kein Zweifel. Nach kurzer Überlegung wurde entschieden, dass der frisch gebackene Vater über die Entwicklung informiert werden solle. Der Gentest habe ein eindeutiges Ergebnis erzielt und solle den beiden putativen Vätern per Einschreiben mitgeteilt werden.

Robert hatte darauf bestanden, die offizielle Nachricht in Gegenwart seiner Mitarbeiter Antony, Alexander und Paulina zu öffnen. Als die Postsendung bei ihm zu Hause eingetroffen war, rief er die zuvor Informierten zusammen und bat Antony darum, das Ergebnis im Beisein der anderen vorzulesen.

Paulina reichte den versiegelten Umschlag an ihren Mann, der öffnete. Die Mitteilung diesbezüglich war so kurz wie klar: „Die Untersuchungen des Medical-Gene-Instituts haben folgendes Ergebnis erzielt: Vater des Kindes, das am 25. Juni 2001 geboren wurde, ist Robert Cohen, geboren am 2. April 1968."

Es folgten eine Aufzählung der Beweisstücke, die untersucht, und der Methoden, die angewandt worden waren, sowie eine Bestätigung aller Ergebnisse durch eine einheitliche DNA in allen Belangen. Definitiv könne daher eine Vaterschaft der zweiten Person ausgeschlossen werden, da mit Hilfe derselben Methoden die Resultate allesamt negativ ausgefallen seien.

Als Robert hiervon in Kenntnis gesetzt wurde, geriet er außer sich vor Wut und erklärte, er glaube kein Wort, da er ständig mit Fake News konfrontiert werde. Man habe ihn wiederum hintergangen und sich gegen ihn verschworen. Er erachte es als eine bodenlose Frechheit, wie dieser Test durchgeführt worden sei. Er werde prüfen lassen, ob dies mit britischem Recht vereinbar sei, und sich vorbehalten, einen zweiten Test durch ein anderes Institut durchzuführen.

Antony ging auf seinen Chef zu und versuchte ihn zu beruhigen. „Mr. Cohen, Sie haben doch der Durchführung dieses Tests zugestimmt. Das Ergebnis ist doch für Sie auch sehr erfreulich: Sie sind der leibliche Vater der kleinen Jacinda."

Die Gesellschaft stand noch beieinander, als das Telefon klingelte. Robert nahm das Gespräch an und wurde sehr einsilbig: „Mutter und Kind in Lebensgefahr? Es wird jemand kommen."

Er teilte den Anwesenden mit, das Krankenhaus bitte darum, dass jemand komme, um sich um die Mutter zu kümmern.

Paulina erklärte sich sofort bereit, zum Krankenhaus zu fahren, um Pamela und der kleinen Jacinda zu helfen. Als sie nach drei Stunden zu ihrem Mann nach Hause eilte, teilte sie ihm mit, er möge Robert Cohen Folgendes ausrichten: Das Leben von Mutter und Kind hängt am seidenen Faden.

Ein Keulenschlag war gar nichts, denn diese Mitteilung wirkte auf Robert, so dass er restlos benommen war. Völlig benommen und mit Tränen in den Augen verließ er das Wohnzimmer. Er wusste, dass er ursprünglich die Tötung seines Kindes angeordnet hatte.

Nun war ihm soeben mitgeteilt worden, dass er unzweideutig der Vater des Kindes sei. Für ihn schien verloren, was er mit seiner Haltung angestrebt hatte. Erste Zweifel kamen auf, ob sein Handeln wirklich korrekt und sinnvoll gewesen war. Auch die lebensbedrohende Situation seiner Frau hatte eine andere Wirkung, als er vermutet hatte.

Die Ergebnisse der Vaterschaftsanalyse, die für ihn anfänglich Fake News gewesen waren, erhielten inzwischen eine größere Glaubwürdigkeit. Die Fülle der unerwarteten Nachrichten setzte ihm so sehr zu, dass er sich nach zwei Tagen beim NHS krankmeldete. Letztlich hatte ihn die geballte Fülle an Schreckensmeldungen so sehr deprimiert, dass er nicht mehr arbeits- und handlungsfähig war und für mehrere Wochen ein Sanatorium aufsuchen musste.

Hinzu kam die Sorge um seinen Sohn Marius, der in den letzten Monaten immer wieder zu Hause über Unwohlsein geklagt hatte und beim letzten Mal in Gegenwart seines Vaters kollabiert war. Sie alle wussten, dass Marius' Unwohlsein einen ernsten Hintergrund hatte, denn Blutuntersuchungen hatten ergeben, dass er an Blutkrebs erkrankt war und sich in ständiger Lebensgefahr befand.

Zwischenzeitlich war Marius ins örtliche Krankenhaus eingeliefert worden, wo er schon seit jungen Jahren immer wieder stationär behandelt werden musste. Zuvor hatte er sich schon Behandlungen in Privatkliniken Großbritanniens und der Vereinigten Staaten unterzogen, doch alle Versuche, die Krankheit zu heilen, waren vergeblich gewesen. Als er im Krankenhaus nicht die Linderung seiner Krankheit erfuhr, die Pamela erhofft hatte, schickte Robert ihn nach München in eine Spezialklinik. Dort verbrachte er nur sieben Wochen, und der Kampf fand ein Ende. Marius verstarb im Alter von 15 Jahren an Blutkrebs.

Robert hatte den Krankheitsverlauf seines Sohnes immer aufmerksam und engagiert begleitet, schließlich war er die einzige Person neben seinem Angestellten Antony gewesen, zu der er noch Vertrauen hatte und die er als Eingeweihten betrachten konnte.

Die Nachricht vom Tode Marius' war für Robert ein Tiefschlag. Natürlich wusste er um die fragile Gesundheit seines Sohnes. Natürlich wusste er auch, dass die Krankheit in den letzten Monaten einen sehr bösartigen Verlauf genommen hatte, der dazu führte, sich auf alles vorbereiten zu müssen.

Robert war auch nicht so blauäugig gewesen zu glauben, dass sich durch die Verlegung von einer in die andere Klinik, durch gute Worte oder Gebete alles wundersam zum Besseren fügen werde. Dennoch hatte er den Eindruck, dass ihm durch diese Meldung der Boden unter den Füßen entzogen würde. Marius war derjenige in der Familie, der die Eltern zusammenhalten konnte.

Er verstand sich gut mit seiner Mutter und hatte auch immer ein gutes Verhältnis zu seinem Vater. Marius hatte auch bereits mehrfach sein Interesse an dem schönen Haus in Chorleywood bekundet, da er – wie seine Eltern zuvor – ersehen konnte, wie günstig die Lage auf dem Lande mit gleichzeitiger Anbindung an den öffentlichen Personennahverkehr nach

London war. Marius konnte seine Freunde auch noch am Abend mit der U-Bahn erreichen, obgleich er hier schon ganz dem Londoner Stadtgewühl entkommen war. Der Tod des Jungen war für jedermann, der ihn kannte, sehr heftig.

Für die Eltern Cohen bedeutete er eine Katastrophe, da nun niemand mehr unter ihnen war, der das vergiftete Verhältnis zwischen Robert und Pamela hätte neutralisieren können. Robert fragte sich nun sehr ernsthaft, wie er weiterleben solle. Er fragte sich auch, ob er überhaupt noch weiterleben könne angesichts der Tatsache, dass das von ihm gedeutete Verschwörungsnetz völlig löchrig geworden war. Gab es denn die Verschwörung, von der er so tief überzeugt gewesen war?

Nachdem auch Pamela über den Tod ihres Sohnes informiert worden war, sah sie sich am Ende ihrer Kräfte und nicht mehr in der Lage, den vorbereiteten Flug nach Neuseeland anzutreten. Sie teilte Paulina unter Tränen mit, dass das Leben für sie inzwischen völlig sinnlos sei, nachdem sie Ehemann und Sohn verloren habe.

Sie wisse weder ein noch aus und neige dazu, sich das Leben zu nehmen. Paulina bat sie um ein dringendes persönliches Gespräch und riet ihr, sich in eine psychosomatische Klinik zu begeben und sich um einen langen Aufenthalt zu bemühen. Sie sei sicher, dass man ihr dort helfen könne. Wiederholt verwies Paulina darauf, dass die kleine Jacinda unmöglich in England aufwachsen könne. „Aber wir können doch nicht zu Paul nach Wellington gehen, dann wird ja alles noch schlimmer. Ich möchte am liebsten sterben." Paulina hielt dem entgegen, dass Paul bereits signalisiert habe, dass er tun wolle, was in seinen Möglichkeiten liege. Pamela zögerte mit ihrer Antwort, doch als Paulina wiederholte, dass sie sich um die Kleine kümmern werde, fasste Pamela Vertrauen und versprach, über den Plan nachzudenken.

Paulina und ihre Freundin Emma berieten gemeinsam, was mit dem Kind geschehen sollte. Paulina machte den Vorschlag, das Kind in die Obhut anderer Menschen zu geben. Es sei wohl ratsam, das Land zu verlassen. Sie selbst werde dann für einige Zeit mitkommen, bis Pamela sie später ablösen könne, wenn sich die Wogen wieder gelegt hätten. In dem anschließenden Gespräch erklärte Pamela noch einmal, ihre ganze Lebensplanung sei zerstört, ihren Ehemann Robert, den sie geliebt und bewundert hatte, habe sie verloren, der Sohn sei tot, die Tochter sei ihr genommen.

Sie fühle sich gedemütigt, verkannt und abgrundtief in ihrer Ehre verletzt. Da Paulina ihr schon seit vielen Jahren eine treue und tief verbundene Angestellte und Freundin war, akzeptiere sie den Vorschlag, das Baby vorübergehend in die Obhut anderer Menschen zu geben. Sie möchte die Geschicke ihrer kleinen Tochter nur an jemanden übertragen, der sie gleichsam als Amme für eine überschaubare Zeit begleiten könne. Sie wandte sich daher an Paulina: „Hast du wirklich Kontakt zu Paul in Neuseeland? Hat er dir gesagt, wo du wohnen kannst?", fragte sie.

Paulina entgegnete, dass Paul sich um die Angelegenheit gekümmert und angeboten habe, ihnen zu helfen.

Er verfüge über gute Kontakte zu UNICEF, wo ein ihm bekannter Mitarbeiter versprochen habe, sich der Angelegenheit anzunehmen.

TEIL VII

Paulina:
Weh diesem Tag! Reißt auf mein Mieder,
dass mein Herz es nicht zersprengt
und selbst bricht!

(Das Wintermärchen, 3. Akt, 2. Szene, 172 f.)

Nach den entsprechenden Vorbereitungen gelang es Paulina, mit dem Baby einen Flug von London nach Wellington zu finden, wo sie am Flughafen von Paul und einem Bekannten in Empfang genommen wurden. Paul stellte seinen Freund, der ein wenig unbeholfen, aber gutmütig auf Paulina wirkte, vor mit den Worten:

„Liebe Gäste aus dem Königreich. Ihr seid uns willkommen, und ich freue mich, dass ihr den weiten Weg nach Neuseeland angetreten habt. Ich darf vorstellen an meiner Seite: Archie Cairns, ein Mitarbeiter vom Jugendamt, das mit UNICEF kooperiert. Er wird sich um euch kümmern und weiterhelfen. Schön, dass ihr bei uns seid. – Darf ich mich aber entschuldigen für heute, denn ich bin sehr in Eile."

Paulina, die das Baby im Arm hielt, war gerührt und bedankte sich bei Paul wie bei ihrem Betreuer, der sie in einer längeren Fahrt mit seinem Toyota zu einem kleinen Fischerdorf bei Milford auf die Südinsel fuhr und dort zu einem kleinen Haus an der Küste brachte.

Sie wurden empfangen von einem alten Mann, der offensichtlich zu den Ureinwohnern der Insel gehörte. Er wies den beiden englischen Gästen ein Zimmer zu. Paulina war zu erschöpft, um weitere Worte zu finden, und sehnte sich nach einem Bett für das Kind und sich selbst.

Archie Cairns instruierte den alten Mann kurz über das weitere Vorgehen, setzte sich dann aber an das Steuer und überließ Amme und Kind dem Gastgeber. Der ließ die beiden erst einmal bis zum neuen Morgen ruhen und bereitete alles für ein herzliches Willkommen vor.

Er war offensichtlich erfreut über seine Gäste, denn er hatte vor einigen Jahren seine Frau verloren, seine Kinder waren schon seit langem aus dem Haus und ließen sich nur noch selten in dem kleinen Dorf sehen. Sean war Maori und lebte von der Schafzucht und vom Fischfang, wobei der allerdings in den letzten Jahren deutlich an Bedeutung verloren hatte, da die industrielle Fischerei den Kleinen kaum noch Möglichkeiten zum Fischfang für den Eigengebrauch, geschweige denn für den Verkauf auf dem Fischmarkt, bot. Doch die Schafe waren sein ganzes Glück, denn er liebte es, wenn im Frühjahr die Lämmer geboren wurden. Es war ihm eine Freude zu sehen, wie sie aufwuchsen und mit den anderen Schafen spielen konnten. Im Herbst wurden die großen Schafe geschoren, das brachte ihm wenigstens ein wenig Geld ein. Und das ein oder andere Tier wurde schließlich geschlachtet und sorgte für gutes Fleisch zu Hause und im Verkauf.

Als Paulina am nächsten Tag aus ihrer kleinen Kammer in die Küche trat, wandte sich Sean an seinen Gast, der ihr erklärte, er heiße Hoani, was ein Name der Indigenen sei. Sie solle ihn aber Sean nennen. Auch wenn er nicht britischer Abstammung sei, lasse er sich gerne mit einem schottischen Vornamen ansprechen. Sean war sehr stark tätowiert.

Sowohl im Gesicht als auch an den Armen hatte er Tattoos in verschiedenen Farben, die zum Teil als Ornamente, zum Teil als Gegenstände zu lesen waren.

Paulina, die solche expressive Körperbemalung nur aus dem Fernsehen kannte, war ein wenig befremdet, sah aber darüber hinweg, als sie sich an Sean wandte. Sie komme aus wichtigem Grund aus England und wolle einige Zeit bei dem kleinen Kind bleiben, um dann auch wieder in ihre alte Heimat zurückzukehren.

Sie sei nicht ganz mittellos, da die Mutter der kleinen Jacinda ihr Geld mit auf den Weg gegeben habe und dem Kind auch gerne eine monatliche Alimentierung ermöglichen wolle. Sean war natürlich über diese Aussagen sehr erfreut, konnte er doch eine monatliche Finanzspritze angesichts seiner prekären Lage sehr gut gebrauchen.

So staunte er nicht schlecht, als Paulina ihm einen Bargeldbetrag in Höhe von 5000 Pfund auf den Tisch legte und erklärte, das solle für den Anfang reichen. Es war absehbar, dass Paulina nicht länger als sieben Monate in Neuseeland bleiben würde, da ihre Familie in England darauf drängte, dass sie wieder nach Hause kam.

Sie instruierte Sean, soweit es ging, über die Versorgung und Pflege des kleinen Kinds, war aber schlechthin sehr erstaunt, mit welcher Umsicht und Hingabe sich der Maori der Betreuung der kleinen Jacinda widmete.

TEIL VIII

Schäfer:
Und jetzt gratulier dir mal:
du bist auf Sterbendes gestoßen, ich auf Neugeborenes.
Da kannst was sehen:
da schau, ein Taufhemd für'n adliges Kind.?

(Das Wintermärchen, 3. Akt, 3. Szene, 107 ff.)

Nachdem ein halbes Jahr verstrichen war, konnten Außenstehende den Eindruck gewinnen, dass Sean, wenn nicht der Vater, so aber doch ein Verwandter des Kindes war, während Paulina sich schweren Herzens auf die Abreise aus dem kleinen Dorf vorbereitete.

Sie blieb insgesamt doch neun Monate, trat aber dann den Rückflug an und verabschiedete sich von ihrem Zögling wie auch dessen Pflegevater. Die Zeit verging schnell, Sean konnte durch die monatlichen Alimente seinen Lebensunterhalt deutlich steigern, wurde aber niemals hochmütig oder maßlos, sondern kümmerte sich um das langsam heranwachsende Kind, als wenn es sein eigenes wäre. Für Jacinda war Sean wie ein Vater, und so nannte sie ihn auch „Dad", auch wenn sie sich gelegentlich wunderte, dass er anders als sie selbst aussah und schon älter als andere Väter war.

Sean schickte sie nicht in den Kindergarten, sondern behielt sie bei sich zu Hause. Als Jacinda in das schulpflichtige Alter kam, ließ er sich von ihrer Mutter in England Bescheinigungen über ihr Alter, Geburtsbescheinigungen und weitere Dokumente zuschicken. Pamela hatte immer wieder angekündigt, dass sie Jacinda gerne wieder in ihrer Nähe in England hätte, doch sowohl Jacinda als auch Sean hatten sehnlichst darum gebeten, noch einige Zeit zusammenbleiben zu dürfen.

Jacinda lernte die Sprache der Maori, aber auch die englische Amtssprache des Landes. Sie und ihr Ziehvater waren fast unzertrennlich, obwohl Sean darum wusste, dass alles bald einmal ein Ende haben würde. Von Paul Austère hatte er lange Zeit nichts mehr gehört. Lediglich das Jugendamt fragte gelegentlich nach, ob alles in Ordnung sei. Und es war alles in Ordnung, wie Ziehvater und Tochter eindrucksvoll bestätigten.

Als Jacinda das Alter von 16 Jahren erreicht hatte, fand in ihrem kleinen Fischerort der alljährliche Obst-, Gemüse- und Fischmarkt statt, zu dem alle Menschen aus der Umgebung wie auch viele Jugendliche der umliegenden Ortschaften gerne gingen. Jacinda hatte den Markt zuvor nur selten besucht, bat Sean aber darum, jetzt einmal mitgehen zu dürfen.

Auch ihr Ziehvater besaß dort einen Stand und war durchaus entschlossen, seinen Schützling wieder einmal mitzunehmen. Sie verbrachten den ganzen Tag bei dem bunten Treiben und genossen mit vielen Menschen das abwechslungsreiche und kurzweilige Event.

Perdita (Jacinda) wuchs auf in idyllischer Umgebung. Alljährlich fand das Schafschurfest hier statt.

TEIL IX

Florizel:
Dies Fest von Schäfern heut –
ein Treffen von Halbgöttern,
und du die Königin.

(Das Wintermärchen, 4. Akt, 4. Szene, 3 ff.)

So kam es zu der denkwürdigen Begegnung mit dem jungen Mann, der mit einer Gruppe Jugendlicher von der Jugendherberge Te Anau angereist war. Der junge Mann war Gregory, der Sohn von Paul Austère aus Wellington. Die Jugendgruppe verbrachte ihre Sommerferien am Lake Te Anau, um von dort den Milford Sound mit einem Kajak zu durchfahren. Milford Sound war ein imposanter Fjord, der, zumeist in Nebel eingehüllt, nur an wenigen Tagen seine ganze Pracht mit eindrucksvollen Bergen, die ganzjährig mit Schnee bedeckt waren, preisgab.

Te Anau war ein verschlafenes Nest, diente aber als Stützpunkt zur Eroberung der einladenden Umgebung – und insbesondere des Fjords, der ein herrliches Landschaftspanorama und eine phantastische Tierwelt bot. Am Vortag waren sie glücklich gewesen und hatten den Mitre Peak ohne Wolken im Sonnenschein sehen können. Die Welt der Gletscher und atemberaubenden Wasserfälle hatte sich den Jugendlichen in voller Pracht gezeigt. Im Hochgefühl dieses Eindrucks hatte der Gruppenleiter vorgeschlagen, am nächsten Tag den Bauernmarkt in Milford zu besuchen.

Der Vorschlag wurde gerne aufgegriffen, war es doch für die Jugendlichen aus den städtischen Gebieten immer etwas Besonderes, sozusagen einen Markt mit Primärerzeugnissen im ländlichen Umfeld zu erleben. So stand man am Folgetag morgens schon sehr früh auf, um mit dem Bus nach Milford zu fahren.

Dort angekommen, schwärmten alle Jugendlichen sofort aus und begaben sich auf die Suche nach interessanten Angeboten für sich selbst oder nach Mitbringseln für ihre Lieben zu Hause in Wellington. Gregory machte einen Rundgang vorbei an allen Ständen und war fasziniert von den Schäfern, die die Wolle, das Fleisch und die Milch ihrer Schafe feilboten. Jacinda hatte sich ihren Platz hinter dem Stand ihres Ziehvaters gesucht und bot mit viel Charme und Verkaufsgeschick die Erzeugnisse des Vaters an. Viele Marktbeschicker waren Maori aus Milford und Umgebung und konnten lautstark auf sich aufmerksam machen. Gregory nahm Seans und Jacindas Verkaufsstand aufmerksam wahr und wunderte sich, auf dem Markt ein junges Mädchen, das nicht indigener Abstammung sein konnte, zu erblicken. Einige Zeit beobachtete er das Treiben mit Interesse, denn es war kein industrielles Treiben, sondern eine Vielzahl von Bauern hatte ihre Stände dort aufgebaut, die heimische Erzeugnisse, Obst und Gemüse, aber auch Wolle und Fleisch, anboten. Insbesondere die Menge an Schafen machte das Treiben zu einer Idylle, wie Gregory sie von den vielen kommerziellen Ständen in den großen Städten nicht kannte. Doch immer wieder kehrte sein Blick zurück zu Jacinda, die in seinen Augen eine Anmut, Schönheit und ansteckende Freundlichkeit ausstrahlte. Er näherte sich langsam ihrem Stand und eröffnete das Gespräch mit einer Frage nach dem Preis und der Herkunft der ausgelegten Lammwolle. „Da muss ich meinen Vater fragen", entgegnete Jacinda, „denn die Preise sind mir noch nicht ganz geläufig. Die Wolle aber, die ist von uns."

„Vater", sagte sie, „der junge Mann möchte gerne Schafswolle kaufen. Kannst du ihm behilflich sein?"

Schnell einigten sich die beiden auf den Preis. Zudem kaufte Gregory für den Abend im Zeltlager Grillfleisch, denn heute war er an der Reihe.

„Wie ist dein Name", fragte Gregory das junge Mädchen, und sie stellte die Gegenfrage nach seinem Namen. Auch Jacinda hatte Gefallen an dem neuen Kunden gefunden und fragte ihn, was er mit seinem Rucksack und der Sportausrüstung vorhabe. So konnte Gregory ihr von dem erfolgreichen Versuch, das Naturschauspiel Milford Sound und den Mitre Peak wolkenlos zu sehen, erzählen. Er fragte sie, ob sie am nächsten Tag wieder auf dem Markt sei, und blickte zu Sean auf.

Der nickte, denn die Geschäfte gingen gut, und er hatte Grund, seine anderen Erzeugnisse anzubieten. Gregory erzählte, dass die Stimmung im Lager wunderbar sei, da die jungen Leute allesamt sehr interessiert seien an der Eroberung der unberührten Natur und Tierwelt. Man habe sich vorher überhaupt nicht gekannt, sei aber durch den YMCA als Veranstalter der Tour zusammengekommen und erlebe tolle gemeinsame Tage.

So versprach Gregory, am nächsten Tag wiederzukommen, da er bestimmt noch vieles entdecken könne. Tatsächlich erschien er am späten Vormittag erneut auf dem Markt, doch dieses Mal war er allein gekommen. Er suchte sofort wieder den Stand von Sean und Jacinda auf und erklärte, das Fleisch habe allen Teilnehmern des Lagers hervorragend geschmeckt. Jacinda freute sich über dieses Kompliment, erklärte zudem, dass sie und ihr Vater die Schafe ja auch mit viel Liebe und Akribie aufgezogen hätten und froh seien, wenn sie solch nette Abnehmer dafür gefunden hätten. Gregory war überrascht über die Ausdrucksweise des jungen Mädchens und den Charme ihrer Gestik. Selten hatte er in Wellington Mädchen von solcher Eleganz und gewinnenden Natürlichkeit gesehen.

„Darf ich einmal fragen", wandte er sich an Jacinda, „wo du zu Hause bist?" – „Ja, gar nicht weit von hier!", entgegnete sie. „Wir wohnen in einem kleinen Dorf nur etwa drei Meilen entfernt." – „Schade, dass heute der letzte Markttag ist und wir übermorgen wieder abreisen müssen", führte Gregory aus.

„Das ist wirklich schade", erwiderte Jacinda, „denn am übernächsten Wochenende haben wir hier das Schafschurfest. Das ist ein Wahnsinnsereignis mit vielen Ständen, tollen Angeboten. Hier wird Musik gemacht und getanzt. Man kann traditionelle Tänze erleben, die von den Maori hier aufgeführt werden."

„Das ist ja wunderbar", entgegnete Gregory, „aber da sind wir schon lange wieder zu Hause. Unser Camp war wohl noch zu früh hier." Er zögerte für einen Moment, um schließlich die Frage an Jacinda zu richten: „Kann man denn bei euch vorbeikommen und Proviant mit nach Hause nehmen? Ich würde meinem Vater gerne noch einmal solch leckeres Lammfleisch und Wolle mitbringen."

Jacinda errötete ein wenig bei der Anfrage, freute sich aber enorm, da sie gerne eine weitere Gelegenheit hatte, den jungen Mann, der auch ihr sympathisch war, sehen zu können. „Aber selbstverständlich", war die Antwort, „komm doch morgen Nachmittag zu uns. Vater wird mit dem Boot hinausgefahren sein, aber ich bin zu Hause. Würde es dir passen, vielleicht gegen 15.00 Uhr zu kommen?" Jacinda nahm einen Stift und schrieb mit ganz präziser Schrift Anschrift und Wegbeschreibung auf. „Hier unsere Adresse."

Gregory sagte erfreut zu, so dass er sich am nächsten Tag mit Hilfe der Beschreibung zur Wohnstätte von Sean und Jacinda aufmachte. Es war für ihn tatsächlich eine Riesenüberraschung, auf ein Cottage zu treffen, das so einfach und bescheiden wirkte. Sein Zuhause in Wellington besaß einen gänzlich anderen Charakter, denn seine Eltern hatten sich vor Jahren ein elegantes Haus mit reetgedecktem Dach, wunderschönem Vorgarten, Doppelgarage mit eleganter Zufahrt gebaut. Die finanziellen Voraussetzungen des Vaters hatten es möglich gemacht, dass das Haus in einer vornehmen Villengegend in der Nähe des Botanischen Gartens stand. Hier nun präsentierte sich eine kleine Behausung, die offenkundig mehrfach umgebaut war, etwas windschief, mit gekälkten Mauern, deren Putz aber schon zu bröckeln begonnen hatte. Hinter dem Haus hielten sich etwa zwanzig Schafe auf, vor dem Haus war ein kleiner Gemüsegarten, der der Selbstverpflegung der Bewohner diente.

Und vor der Tür stand Jacinda, die hocherfreut strahlte und offensichtlich sehr bewegt war, dass ihr neuer Verehrer noch einmal den Weg aus dem Zeltlager zu ihr gefunden hatte. „Kia ora", begrüßte sie ihn in der Sprache der Maori. „Ich habe eigentlich gar nicht glauben können, dass du dich zu uns auf den Weg machst. Wir leben hier in ganz bescheidenen Verhältnissen, wie du sehen kannst. Doch Vater und ich fühlen uns wohl hier und haben unser Auskommen für ein einfaches Leben."

Gregory bemerkte, dass Jacinda und Sean einige ihrer Produkte vor dem Haus ausgestellt hatten. Er war sich aber nicht sicher, ob dies sozusagen eine ständige Ausstellung war oder eine zu seinen Ehren. Neben all den Erzeugnissen aus der Schafproduktion lag auch eine Reihe von Gemüse- und Obsterzeugnissen aus. Insbesondere verschiedene Äpfel lagen aus, die sich allesamt von der Farbe her unterschieden. Jacinda erklärte, ihr Vater züchte verschiedene Apfelsorten, indem er die bekannten Kulturäpfel, die auch für den internationalen Markt produziert würden, mit den traditionellen Sorten kreuze. So habe er den traditionellen Cox Orange durch Royal Gala sowie Braeburn veredelt und es dabei geschafft, aus den ohnehin wohlschmeckenden Äpfeln noch bessere und vor allem gesündere zu produzieren. Die modernen Apfelkulturen, die insbesondere für den Export nach Europa gepflegt würden, seien nicht immer für jedermann verträglich.

Diese Züchtungen seien in erster Linie Plantagenprodukte, die unbedingt einer Ergänzung durch die alte Streuobstkultur bedürfen. Auf diesem Gebiet sei ihr Vater seit langer Zeit tätig und bemühe sich so, die bewährten alten Sorten mit den Erkenntnissen moderner Züchtungen zu kombinieren. Die Verkaufszahlen schienen deutlich zu bestätigen, dass die veredelten Apfelsorten großen Anklang mit vielen Abnehmern fänden. Gregory war erstaunt über Jacindas fachkundige Ausführungen und warf ihr einen anerkennenden Blick zu.

„Was möchtest du denn mit nach Hause nehmen", fragte sie ihn schließlich. Und er wollte schnell antworten, doch auf die Frage war er noch gar nicht eingestellt. „Ich muss mal überlegen", war die erste Antwort, um sich anzusehen, was Jacinda vor dem Haus für ihn aufbereitet hatte. „Nimm doch Platz!", wies sie ihn an.

Beide setzten sich auf die einfache Holzbank, die direkt neben dem Eingang des Hauses stand. Gregory erzählte von der wunderbaren Umgebung, die sie nun über fast eine Woche genossen hatten, von dem lustigen Lagerleben, das vom YMCA vorbereitet und organisiert worden war. Sie alle hätten

Glück gehabt, dass der Sund seine ganze Pracht entfaltet habe, als die Sonne ungehindert in den Fjord scheinen konnte. Alle, ganz besonders aber er bedauerten, dass sie am nächsten Tag wieder nach Norden reisen müssten. Jacinda spürte, dass Gregory sehr ehrlich war und ihm auch die bevorstehende Trennung im Magen lag. Nach einigem Schweigen baute sie ihm schließlich eine Brücke, indem sie fragte, was ihn denn zu Hause in Wellington erwarte.

„Nun", begann er, „das College geht am Montag in den letzten Term, d. h. wir müssen uns nun auf die Prüfungen vorbereiten." Er blickte sie an und musterte ihr wunderschönes Gesicht. „Du weißt, dass ich Nationalökonomie studiere, genau wie mein Vater es getan hat. Er möchte, dass ich nach meiner Ausbildung in seinem Ministerium tätig werde, um später dann einmal in seine Fußstapfen treten zu können. Mein Vater ist einer der führenden Mitarbeiter im Landwirtschaftsministerium und direkt in die Handelsgeschäfte Neuseelands mit den Commonwealth-Staaten involviert. Er wohnt und arbeitet in Wellington und macht sich Hoffnungen, nach einer Umstrukturierung des Ministeriums selbst das Ministeramt zu übernehmen, was ihm bereits vom Premierminister angedeutet worden ist."

Jacinda schreckte zurück, als sie diese Informationen von Gregory erhielt. Ihre Reaktion machte deutlich, dass ihr diese Welt ganz und gar nicht vertraut war. Gregory lenkte daher das Gespräch auf andere Themen und ergänzte, er sei sehr interessiert an Wassersport und Abenteuerreisen in aufregende Länder.

Mit diesem Hinweis schien er Jacindas Interesse sehr viel mehr getroffen zu haben, denn sie fragte ihn, wo er denn schon überall gewesen sei.

„Ich war natürlich schon in verschiedenen asiatischen Ländern mit meinem Vater, das war schon sehr faszinierend. Aber ich stelle immer mehr fest, dass mein Heimatland Neuseeland ist und ich im Laufe der Jahre eine immer stärkere Zuneigung zu Land und Leuten unserer Inselwelt entdeckt habe. Vater legt großen Wert darauf, dass ich die richtigen Sportarten ausübe: Golf, Rugby und Tennis. Er möchte, dass ich Mitglied in den vornehmen Clubs unserer Stadt bin, obwohl ich die Mitglieder dort gar nicht mag."

„Ich kann dich gut verstehen, Gregory", entgegnete Jacinda, „denn ich kenne diese Welt teilweise aus Büchern und dem Fernsehen. Du weißt, dass mir in dieser bescheidenen Umgebung gar kein Zugang zu deiner eingeräumt werden kann, denn ich erfülle die Eingangsbedingungen überhaupt nicht. Meine Welt ist die Landschaft in dieser wunderbaren Gegend. Meine Mutter kenne ich nur vom Hörensagen, mein Vater ist ein Indigener, der sich ganz rührend um mich kümmert und mir jeden Wunsch von den Lippen abliest. Ich helfe ihm, so gut ich kann. Aber er braucht auch meine Hilfe, denn er wird langsam gebrechlich und war vor einigen Monaten sehr krank. Ich werde nicht einmal in der Welt der High Society leben, denn da kenne ich mich nicht aus. Mein kleines Paradies ist dieses Haus, ist dieses Dorf, sind diese Schafe und das Meer. Zudem sind mir die Tier- und Pflanzenwelt in Milford sehr vertraut und ans Herz gewachsen. Wenn ich durch die Berge, den Wald gehe, begegnen mir Vögel wie die Kakapos, Rallen und Kiwis. Meine Lieblingstiere sind allerdings die Keas und Kiwibirds. Und ich freu mich immer, wenn Vater mit mir hinaus auf das Meer fährt, um in den Küstengewässern Fische für uns und den Markt zu fangen."

Gregory spürte, wie ernst Jacinda von ihrer Umwelt geprägt war, und fragte, ob es denn eine Möglichkeit gebe, ihn einmal daran teilhaben zu lassen.

„O, das wäre schön", entfuhr es Jacinda, „doch wie soll das gehen?"

Sie wusste um die Entfernung zwischen Wellington und Milford.

„Lass mich einmal überlegen", fuhr Gregory fort. Im gemeinsamen Gespräch entwickelten sie aber schließlich eine Möglichkeit, dass Gregory mit Flieger und Mietwagen am übernächsten Wochenende wiederkommen könnte.

TEIL X

Perdita:
Mich schreckt der Standesunterschied –
Ihr Rang hat niemals Furcht gekannt.

(Das Wintermärchen, 4. Akt, 4. Szene, 17 f.)

Jacinda traute ihren Ohren nicht, als sie vernahm, dass Gregory ein ernstes Interesse daran hatte, sie wiederzusehen. Sie hatte es schon oft erlebt, dass ihre Mitschüler freundlich und nett zu ihr waren. Doch noch niemand hatte zuvor ein solch ausgeprägtes Interesse an ihr gezeigt, so dass sie sich geehrt und geschmeichelt fühlte. Sie empfand aber auch die einfühlsame und offene Art Gregorys als äußerst angenehm, wenn nicht sein familiärer Hintergrund im Raum gestanden hätte. Sie wusste, dass die Lebenswelt eines Gregorys niemals die ihre war und auch nicht werden würde. Die Herkünfte und Charaktere ihrer Väter lagen ja um Welten auseinander. Es war ihr schon klar, dass der familiäre Hintergrund auch die besten freundschaftlichen Bindungen junger Menschen beeinträchtigen konnte, denn dazu kannte sie die Tragödie von Romeo und Julia zu genau.

„Gregory, ich würde mich freuen, wenn du wiederkämst, aber du musst entscheiden, ob es dir möglich ist und ob du das willst."

„Ich will, du hast mir das Schafschurfest so schmackhaft gemacht, dass ich unbedingt einmal in eurer herrlichen Gegend ein solches Event erleben möchte. Ich werde es möglich machen", war seine Antwort, denn er verspürte eine solche Sympathie für ein junges Mädchen, wie es ihm selten zuvor begegnet war. Jacindas Einwände machten deutlich, dass sie sehr wohl um seine und ihre Situation wusste, doch focht ihn das nicht an angesichts der Tatsache, dass er Feuer gefangen hatte.

„Bitte gib mir nun die Sachen für zu Hause, denn ich muss zurück ins Lager. Wenn möglich, werde ich euch in der übernächsten Woche wieder aufsuchen. Hast du ein Mobiltelefon?"

Ein wenig verschämt musste Jacinda einräumen, dass sie in ihrem Haus nur über einen Festnetzanschluss verfügten, über den sie allerdings auch zu erreichen war. Gregory notierte die Nummer, versprach anzurufen, um Genaueres für den erneuten Besuch mitzuteilen, und verabschiedete sich von seiner neuen Freundin mit einem Kuss auf die Wange. Zu Fuß legte er die Wegstrecke in das Lager zurück und schwelgte auf dem etwa einstündigen Rückweg im Himmel der Seligkeit.

Jacinda befand sich in einer ähnlichen Verfassung, denn sie hatte schon oft den Eindruck gehabt, dass junge Burschen in ihrer Umgebung auf sie aufmerksam geworden waren. Dazu zählten auch die Jungen der benachbarten Maori, die sie durch den Vater oder die Schule kennengelernt hatte. Alle die vorausgegangenen Begegnungen hatten ihr signalisiert, dass ihre freundlichen, intelligenten und kultivierten Verhaltensformen sehr wohl Anklang fanden und honoriert wurden. Dass sich aber ein junger Student aus der feinen Gesellschaft für sie interessierte, nachdem er ihre einfachen Verhältnisse kennengelernt hatte, war für sie umwerfend und erhebend. Sie war durch die Bekanntschaft mit Gregory eine reife und erwachsene Frau geworden und fühlte sich angenommen wie nie zuvor. So blickte sie schon jetzt mit gespannter Erwartung auf einen Anruf, in dem Gregory ihr mitteilen würde, ob und wann er kommen wolle. Neben der fiebrigen Erwartung konnte sie auch prüfen, wie ernst Gregorys Interesse wirklich war.

Am nächsten Tag trat Gregory den Heimweg an und überlegte, wie es ihm zeitlich und organisatorisch möglich sei, den angekündigten Besuch am übernächsten Wochenende zu verwirklichen. Eine weitere Frage beschäftigte ihn: Wie würde sein standesbewusster Vater es aufnehmen, wenn er ihm mitteilen müsste, dass er die Tochter eines Maori aus einfachen Verhältnissen auf der Südinsel besuchen wolle. Zu Hause angekommen, saß sein Vater auf der Terrasse des Hauses und las im *New Zealand Herald*. Gregory berichtete kurz von dem Zeltlager, unterließ allerdings jegliche weitere Andeutung darüber, was ihn eigentlich noch beschäftigte und wo sein Herz schlug.

Nach einiger Zeit legte Paul, der sehr aufmerksam den Wirtschaftsteil der Zeitung studiert hatte, das Blatt an die Seite und fragte ihn, ob seine Gruppe mit dem Kajak durch Milford Sound gefahren sei. Dort habe er schon vor Jahren Seehunde und Delphine gesehen und wunderbare Eindrücke von der phantastischen Umgebung in Erinnerung. Gregory ging auf diesen Hinweis ein und berichtete, dass man Glück gehabt habe mit dem Wetter und der großartigen Aussicht auf den Mitre Peak. „Der sieht ja wirklich aus wie eine Bischofsmütze, und es gab einige von uns, die eine lange Wanderung um den Berg gemacht haben."

„Warst du dabei?", wollte Paul wissen. Gregory schüttelte den Kopf, denn in der Zeit hatte er Jacinda seinen letzten Besuch abgestattet. „Warum nicht? Das wäre doch die Krönung eurer Exkursion gewesen", entfuhr es dem Vater. Doch Gregory zuckte nur die Schultern, ohne eine Antwort zu geben. Paul gab sich mit der Antwort zufrieden, war aber erstaunt über die Einsilbigkeit seines Sohnes. „Morgen geht es wieder ins College", fuhr Gregory fort. „Ich muss mich vorbereiten", und verließ die Terrasse.

In den nächsten Tagen begann er damit, die zeitliche Planung für die nächsten Wochen vorzunehmen. Am kommenden Wochenende war er eingebunden in den Hochschulbetrieb und wusste, dass er dort nicht abkömmlich war. Mit aller Umsicht und Präzision plante er allerdings die nachfolgende Woche und insbesondere das Wochenende. „Da bin ich verhindert", ließ er seine Kommilitonen wissen. „Ab Freitag übernächster Woche bin ich nicht im Land."

TEIL XI

Polixines:
Ist denn Ihr Vater gar nicht mehr imstand,
vernünftig klar zu handeln?

(Das Wintermärchen, 4. Akt, 4. Szene, 393 f.)

Zu Hause teilte er dem Vater mit, was er in den nächsten Tagen im College zu tun hatte. „Dann können wir ja am nachfolgenden Wochenende nach Auckland fliegen und zum Grey Lynn Farmers Market dort in der Nähe fahren", schlug Paul vor.

„Das geht leider nicht, Dad!", entgegnete Gregory. „Da habe ich keine Zeit."

„Keine Zeit?", entfuhr es Paul. „Was hast du vor?"

„Ich fahre noch einmal nach Milford. Hab noch etwas zu erledigen", war die Antwort ohne weitere Erläuterung, denn Gregory wusste, wenn er sich weiter äußerte, würde sein Vater sehr gezielte Fragen dazu stellen.

Der Besuch des Farmers Market war für Paul ein wichtiges Anliegen, denn einerseits besuchte er diese einzigartigen Märkte aus beruflichen Verpflichtungen, andererseits fanden sie auch sein persönliches Interesse. Bislang war Gregory zu diesen Veranstaltungen immer gerne mitgekommen, da sein zukünftiges Engagement auch diesen Ausstellungen gelten sollte und er auch gerne in der Gefolgschaft seines Vaters Einblick in die Praxis der Landwirtschaft nahm, zumal seine Exkursionen durch das College einen sehr offiziellen Charakter besaßen. Aber für Gregory war klar, dass er wieder in den Süden aufbrechen würde.

Sein Vater bemühte sich um Zurückhaltung und nahm schweigend zur Kenntnis, dass er alleine reisen würde. Ihm wurde auch klar, dass seit der Trennung von seiner Frau vor einigen Jahren – Anne wohnte inzwischen in Australien – sein Familienleben auf Gregory konzentriert war. Die Ehe zwischen Paul und Anne war schon nach wenigen Jahren geschieden worden.

Die beiden hatten sich im Ministerium in Wellington kennengelernt und es hatte zunächst so ausgesehen, dass sie durchaus eine gute Wahl getroffen hatten. Sehr schnell kam ihr gemeinsamer Sohn Gregory zur Welt, ein Umstand, der Paul dazu bewog, seiner Frau die Aufgabe des Berufs nahezulegen. Er führte allfällige Schwierigkeiten an, in einer Ehe mit zwei ehrgeizigen Berufstätigen Kinder zu betreuen. Paul wiederholte ständig sein Mantra „In einer gelingenden Ehe kann nur einer Karriere machen". Nachdem sich für Anne herausgestellt hatte, wer das nach Pauls Ansicht sein müsse, erklärte sie ihm, sie sei auf keinen Fall bereit, ihren Beruf aufzugeben.

Sie hatte Agrarwissenschaft studiert und war Agraringenieurin im Landwirtschaftsministerium geworden, wo sie eine Zeitlang in derselben Abteilung wie Paul gearbeitet hatte. Nach der Geburt ihres Kindes spitzte sich der Konflikt deutlich zu, der zuvor nur latent ausgetragen worden war. Als Anne die ersten vier Jahre nach Gregorys Geburt noch im Ministerium arbeitete, deutlich aber verspürte, dass Paul ihr dienstlich wie privat nur Steine in den Weg legte, entschloss sie sich zur Trennung. Sie nahm die Gelegenheit wahr, übergangsweise in eine Außenstelle des Ministeriums nach Auckland zu wechseln.

Neben der Trennung vom Ehemann und der Arbeitsstelle stellte sich die große Frage, was mit Gregory geschehen würde. Natürlich hätte Anne ihn gerne mit nach Auckland genommen, doch Paul setzte alles daran, dem Jungen das Leben in Wellington so schmackhaft wie nur eben möglich zu machen. So wurde er mit Spielsachen und attraktiven Reisen nach Australien und zu anderen Zielen gelockt.

Entscheidend aber war die Tatsache, dass der kleine Gregory in seiner Kindertagesstätte Freunde kennengelernt hatte, die ihm nach eigenem Bekunden wichtig waren und die er nicht aufgeben wollte. Paul engagierte eine Kinderfrau, die für Gregory tatsächlich eine Art Ersatzmutter wurde.

Anne behielt zu Gregory ein gutes Verhältnis, das sich allerdings auf gelegentliche Besuche und Urlaubsreisen beschränkte. Ihre Verbitterung über Pauls pathologischen Ehrgeiz, der letztlich ihr gesamtes Familienleben zerstörte, führte zu einer vollständigen Trennung und Scheidung von ihrem Mann, die äußerlich und innerlich endgültig war.

Die beiden Männer in Wellington fanden sich letztlich damit ab, in der Familie keine Frau und leibliche Mutter zu haben.

Paul konzentrierte all seine Aktivitäten nunmehr ausschließlich auf seinen Beruf sowie Gregorys Karriereplanung. Sein persönlicher Ehrgeiz bestand darin, seinen Sohn auf dieselbe Spur wie den Vater zu bringen.

Gregory vergewisserte sich in der folgenden Woche telefonisch, dass die Verabredung mit Jacinda Bestand hatte. Er war sehr aufgeregt, als diese ihm erzählte, sie freue sich wahnsinnig auf seinen Besuch. An dem folgenden Wochenende fuhr er zum Flughafen, um die nächste Maschine nach Queenstown auf der Südinsel zu nehmen.

Von dort stieg er in den Shuttlebus nach Milford und legte die letzten zwei Meilen zu Fuß zurück. Als er an dem Cottage von Sean und Jacinda eintraf, saß Letztere bereits vor der Tür am Spinnrad, um die Wolle ihrer Schafe zu Garn zu verarbeiten. Sie sah Gregory von weitem und wagte kaum, an ihr Glück zu glauben, als der junge Mann mit einem roten Rucksack bewaffnet auf sie zukam. Überglücklich fielen sie sich in die Arme, und Jacinda fing an zu weinen, denn eigentlich hatte sie kaum mit diesem Glück richtig gerechnet.

„Komm zu uns rein, du musst müde und hungrig sein", eröffnete sie das Gespräch. „Ich darf dich noch einmal Vater vorstellen, der gerade bei seinen Schafen hinter dem Haus ist."? Gregory bahnte sich einen Weg durch die kleine Küche zum Hinterausgang und erblickte den alten Mann inmitten seiner Tiere. Bescheiden gab Sean ihm die Hand, taxierte den jungen Mann aber sehr genau, da er wusste, wo er herkam.

Jacinda und Gregory verbrachten den Abend zusammen, indem sie einen langen gemeinsamen Spaziergang entlang der Küste machten. Sie genossen ihre Zweisamkeit, indem sie einander erzählten, was sie zwischenzeitlich erlebt hatten.

„Dad war nicht sehr begeistert, dass ich hierhin flog", erklärte Gregory.

„Er hatte das Wochenende für uns bereits verplant."

Jacinda wusste, was er meinte, denn sie entgegnete ihm:

„Er sieht seinen Sohn nicht an seiner Seite. Du hast eine andere Richtung eingeschlagen."

Die Abendstunden wie auch der nachfolgende Tag vergingen für die beiden im Nu, und sie sprachen über weitere Möglichkeiten der Begegnung.

„Wenn dein Vater dich in seiner Nähe erwartet, kann ich das verstehen. Dein Vater sieht, dass du mit der Tochter eines armen indigenen Eingeborenen zusammen bist, das ist für ihn ein großes Problem."

„Aber er muss zur Kenntnis nehmen, dass ich selbst über mein Leben verfüge", erwiderte Gregory. „Er kann nicht immer über mich verfügen."

„Aber er hat doch auch einen Anspruch an seinen Sohn. Du bist sein Lebensmittelpunkt und sollst ihm beruflich und privat nachfolgen. Und dann gehst du einen ganz anderen Weg. Ich bin eine Schäferstochter, du bist ein Mann der High Society."

Gregory räumte ein, dass Jacinda die Lage richtig erfasst hatte, bemerkte ihr gegenüber aber, er sei nicht bereit, dies so sang- und klanglos hinzunehmen. „Vater muss sehen, dass seine Welt nicht die meine ist. Ich bin alt genug zu entscheiden, was ich will und kann."

Sie überlegten, wann sie sich wiedersehen könnten. Es war klar, dass sie ein Problem hatten, das im Moment aber nicht zu lösen war. Vorerst sei man auf die Wochenenden angewiesen, aber das könne doch organisiert werden. Jacinda empfand die Hartnäckigkeit ihres Freundes als Ansporn, sich auf weitere Begegnungen einzustellen, zumal sie spürte, wie sehr sie Gregory mochte und ihr Herz öffnete.

Sie umarmte ihn und drückte ihm einen Kuss auf die Stirn, um den gemeinsamen Spaziergang am Meer fortzusetzen. Für Gregory war klar, dass er auf alle Fälle einen weiteren Besuch in Milford planen würde.

Jacinda hatte ihn verzaubert und sein Herz ganz tief berührt. Am Sonntag trat er den Heimweg an, nachdem sie ein weiteres Treffen am nachfolgenden Wochenende vereinbart hatten.

TEIL XII

Polixines:
Recht, dass sich mein Sohn selbst eine Frau sucht,
doch genauso rechtens, dass auch der Vater,
dessen Glück in reinblütigen Enkeln liegt,
in solchen Dingen ein Wort mitreden darf.

(Das Wintermärchen, 4. Akt, 4. Szene, 402 ff.)

Zu Hause angekommen, ging Paul Austère vorsichtig auf seinen Sohn zu und fragte, was er in den vergangenen Tagen gemacht habe. Gregory antwortete recht einsilbig, er habe Freunde besucht und werde am kommenden Freitag erneut nach Milford fliegen.

Die reservierte Haltung weckte das Misstrauen des Vaters, der plötzlich sehr bestimmt fragte: „Was machst du dort, bitte?"

„Freunde besuchen", war die lakonische Antwort, denn Gregory war nicht bereit, mehr zu erzählen. Als Paul bemerkte, dass sein Sohn ihm offensichtlich etwas verheimlichte, reifte in ihm der Entschluss heran, der Sache auf den Grund zu gehen. Sollte sich der Wochenendtourismus in dieser Weise fortsetzen, würde er sich die Freiheit nehmen, seinen Sohn zu beobachten. „Wo bist du denn da genau, wenn du nach Milford fliegst?" Gregory antwortete kurz und knapp und verwies auf den Farmers Market und das Schafschurfest vor Ort, um den Vater vorerst zu beruhigen, spürte aber sein Misstrauen und seinen Unmut.

Am folgenden Freitag verabschiedete sich Gregory von seinem Vater, um am Abend mit einer Maschine nach Queenstown zu fliegen. Jacinda und Sean hatten ihm im Vorfeld bereits von dem Schafschurfest erzählt, das in vielen ländlichen Gegenden ein großes, jährlich wiederkehrendes Event darstellte. Als Gregory in Milford ankam und die Vorbereitungen zu dem Fest beobachtete, überkam ihn ein großartiges Gefühl von Ruhe und Geborgenheit. So liebte er die Landwirtschaft, die im Einklang mit der Natur war und keine industrielle Produktion aufwies. Das pastorale Bild weckte religiöse Gefühle in ihm, wenn er an den guten Hirten, seine Schäfchen, die sich in einer Herde gefunden hatten, und ihre Lebenswelt dachte. Die landschaftliche Umgebung, eifernde Schafe, die ein bevorstehendes Ereignis witterten, die Betriebsamkeit der Menschen in der Vorbereitung, die Tänzer und Sänger, die ihre Stände für den folgenden Tag aufbauten – all das öffnete Gregorys Herz, das entbrannt war und sich gegenüber Jacinda entladen wollte.

Vater Paul vermied denselben Flug wie sein Sohn, reiste stattdessen mit dem nachfolgenden Flieger und setzte die Reise vom Flughafen aus mit dem Taxi fort. In Milford eingetroffen, suchte Paul ein Hotel in der Nähe auf und erkundigte sich nach den Zeiten des Farmers Market.

Am nächsten Morgen zog er sich eine alte Jacke und eine Baseballmütze an, setzte eine dunkle Sonnenbrille auf und ließ sich vom Hotel zu dem ausgewiesenen Markt fahren. Die Mütze tief ins Gesicht gezogen, ein Tuch um den Hals und die Sonnenbrille machten ihn gleichsam unkenntlich selbst für die, die ihn sonst kannten. Er schlenderte von Stand zu Stand, bis er in einiger Entfernung seinen Sohn Gregory in der Gesellschaft eines anmutigen Mädchens sowie eines alten Mannes erkannte. Der Alte zeigte keine europäischen Züge, sondern war ohne jeden Zweifel ein Maori. In sicherer Entfernung zu dem Stand beobachtete er das Treiben ebendort und sah, dass alle drei Personen gemeinsam in Gespräche mit der Kundschaft vertieft waren. Sehr ungezwungen und freundlich ging man miteinander um, Gregory schien die Gesellschaft der beiden anderen Personen zu genießen. Die Vielzahl der Stände, zahlreiche wohlgelaunte Menschen, in Pferche eingesperrte Schafe, die vor der Schur äußerst aufgeregt, nach der Rasur gelassen und besänftigt schienen. Clowns zur Belustigung der Kinder, Zauberkünstler, kleine Gesangsgruppen wie Tanzensembles prägten das Bild. Und dann die wilden, archaischen Tänze der Maori, die mit spärlicher Bekleidung und in Gänze bemalt, mit Trommeln und Urschreien ihre Traditionen pflegten und dem Publikum feilboten.

In der spektakulären Einlage des Haka-Tanzes waren die Maori wie Europäer mit Oberhemd und Krawatte bekleidet und boten einem Brautpaar ihre Lebenshilfe an: Mit temperamentvollen Bewegungen, Grimassen und Schreien ertüchtigten sie den Bräutigam, sich im weiteren Leben gegen potentielle Widersacher durchzusetzen. Der Kriegstanz zollte dem

Brautpaar hohen Respekt und rührte die beiden emotional in besonderer Weise an.

Dutzende von Menschen standen um die Tänzer herum. Während der Darbietung unterbrach Sean seine Schur, um sie danach aber wieder aufzunehmen. Der alte Mann hob die Schafe mit Gregorys Hilfe auf den Tisch, um mit einer mechanischen Handschafschere äußerst geschickt die Tiere von ihrer schweren Wolle zu befreien. Paul war erstaunt zu sehen, mit welcher Gelassenheit die Tiere die Schur durch Sean über sich ergehen ließen. Nachdem sie auf den Tisch gehoben worden waren, wurden sie lammfromm. Die Tiere bewegten sich erst wieder, nachdem sie von ihrer Wolle befreit worden waren. Ganz offensichtlich fühlten sie sich spürbar erleichtert, denn nach der Schur sprangen sie sofort zwischen den Anwesenden herum, so dass Gregory und Jacinda sie wieder zurückholen und dem Pferch zuführen mussten.

Diese Beobachtung ließ bei Paul eine unbändige Wut aufkommen, denn er fühlte sich betrogen und hintergangen. Das war also der Grund für die Heimlichtuerei und das Lügengebäude. Zu einem Schafschurfest wäre er sicher gerne mitgekommen, aber die Gesellschaft eines solchen Lockvogels, der sich mit einem alten Eingeborenen rumtrieb, das übertraf alles bislang Bekannte.

Paul wusste, dass sein Sohn oftmals eigene Wege ging und ihn nicht immer in erwünschter Weise so einweihte, wie es sich aus seiner Sicht gehörte. Väter waren nun mal Väter und in grundsätzliche Fragen der Familienplanung miteinzubeziehen. Zumindest dann, wenn es um Weichenstellungen geht.

Die Söhne sollten das Familienerbe übernehmen und das fortführen, was in Generationen zuvor aufgebaut wurde. Paul war auch deshalb so erzürnt, weil die gesamte Verantwortung für die Begleitung seines Sohnes bei ihm lag. Seine Ex-Frau hatte sich der Verantwortung letztlich dadurch entzogen, dass sie nach Australien ins mondäne Sydney gezogen war, um dort ihr eigenes Leben ohne Familie zu führen. Anne hatte sich vor Jahren nach wiederholten Auseinandersetzungen und einem erbitterten Streit letztlich aus dem Staub gemacht, da sie nicht bereit war, Standards und Ehre der Familie Austère mit-zutragen. Und nun zeigte sich, dass ihr gemeinsamer Sohn offensichtlich eine ähnliche Denkweise wie seine Mutter an den Tag legte.

TEIL XIII

Polixines:
Dir lass ich Dornen durch die Schönheit kratzen,
bis sie so grob wird wie dein Stand.

(Das Wintermärchen, 4. Akt, 4. Szene, 422 ff.)

Plötzlich entfernten sich die beiden jungen Leute von dem Stand und gingen Hand in Hand in die Richtung auf Paul zu. Als sie sich ihm näherten, fasste sich dieser ein Herz und trat den beiden schließlich in den Weg. Jacinda war irritiert, denn sie wusste nicht, wen sie vor sich hatte. Gregory erschrak ganz fürchterlich, als ihm ein „Dad, bist du das?" entfuhr.

„Ja, da bist du erstaunt, mein Freund, nicht wahr?"

„Darf ich dir vorstellen, das ist meine Freundin, die ich während des Camps kennengelernt habe."

„Ach ja", erwiderte Paul. „Davon habe ich gehört. Und das Lager ist immer noch nicht zu Ende."

Gregory wurde unsicher und verwies auf das Schafschurfest und den Stand mit Jacindas altem Vater, der Hilfe brauche.

„Es ist ja interessant, dass du auf diesem Markt hier aushelfen musst, während dir neulich Grey Lynn nicht passte."

„Das konnte ich damals noch nicht einschätzen, Dad", bemerkte Gregory zögerlich und hoffte, den Vater ein wenig zu beruhigen. Gemeinsam gingen sie zu dem Stand, der nun alleine von Sean betreut wurde. „Seid ihr schon wieder da?", fragte dieser und grüßte Paul sehr freundlich. Der warf ihm einen kurzen Blick zu, prüfte für einige Minuten das Warenangebot und erklärte, er sei zufrieden mit der Auslage. Sean hielt ihn für einen Vertreter des Ministeriums aus Wellington und freute sich über die Einschätzung. Paul schaute zu Gregory und deutete ihm an, er wolle ihn unter vier Augen sprechen. Gregory erklärte kurz, dass er mit seinem Vater allein sprechen müsse, und ging mit ihm in Richtung Strand.

„Wenn du nicht sofort mit mir nach Hause kommst", eröffnete der Vater das Gespräch, „kannst du ein blaues Wunder erleben."

„Was ist los?", entgegnete Gregory recht selbstbewusst.

„Was los ist? Du betrügst mich seit Wochen, bandelst hier mit einem Bauernmädchen an, das mir den älteren Herrn als ihren Vater vorstellt, und du tust, als sei nichts gewesen. Du hast mich hintergangen und angelogen, obwohl ich für dich immer alles, was möglich ist, getan habe. Der Umgang mit diesen Herrschaften ist nicht unsere Welt. Bauernmädchen heiraten Bauernjungen und bleiben in ihrer Welt. Unsere Lebenserwartungen sind andere, ich habe auch keine Maori-Frau geheiratet."

Obwohl Gregory mit einer solchen Einschätzung gerechnet und sich bereits auf eine solche Auseinandersetzung vorbereitet hatte, war dieser Frontalangriff doch wie ein Tiefschlag für ihn. Die Tatsache, dass der Vater ihm nachspioniert hatte, die Tatsache, dass er unverzüglich zum Angriff überging, schockierten ihn ganz empfindlich. Gregory kannte seinen Vater natürlich sehr gut. Er wusste, dass Stand und Ehre für ihn ein wichtiger Ersatz für seinen Mangel an Selbstvertrauen waren. Er hatte seit jeher mit seinem Aussehen gehadert, seine Nase sei unförmig.

Auch mit seiner hellen Stimme tat er sich schwer und war immer wieder der Auffassung gefolgt, mit einer dunkleren Stimme hätte er es beruflich definitiv weiter gebracht. Paul war daher auch ehrenamtlich in einer Reihe von Clubs und Vereinen tätig gewesen, mittels derer er sich ein weiteres berufliches und gesellschaftliches Fortkommen versprach. Als er vor Jahren zum ersten Mal das Amt des Präsidenten im Rotary Club Wellington übernahm, sah er sich bestätigt und nahm diese Funktion mit erkennbarem Stolz und übertriebener Akribie wahr. Zur selben Zeit bekannte Gregory, dass er gerne einem Fußballverein beitreten wolle. Ergebnis: Paul war entsetzt und mahnte die Familienehre an:

„Du kannst Tennis oder Golf spielen, musst dich aber bitte nicht auf das Niveau eines primitiven Fußballspiels begeben. Das steht unserer Familie nicht an. Früher in England habe ich Rugby und Tennis gespielt. Also bleib gefälligst in der Tradition unseres Hauses." Gregory war damals noch zu jung, um gegen die rigiden Vorgaben des Vaters aufzubegehren, doch das wiederholte Bemühen der Familienehre hinterließ bei ihm einen bleibenden Eindruck, der ihn schließlich eher zum Widerstand als zur Anpassung verleitete. Noch deutlich hatte er in Erinnerung, wie Paul sich über die Ureinwohner Neuseelands äußerte. Er bezeichnete sie als faul, ungebildet und gewalttätig. Über ihre Tänze machte Paul sich ständig lustig. Die Versuche einzelner Häuptlinge, sich mit Anzug, Stiefeln und Zylinderhüten nach europäischer Art zu kleiden, waren für ihn peinlicher Ausdruck von Niveau- und Stillosigkeit. Am meisten ereiferte sich Paul aber über den primitiven Ahnenkult der Maori, die ihre traditionellen Vorstellungen auch nach dem Einzug christlicher Missionare im 18. Jahrhundert nicht ablegen wollten.

Gregory rief diese Gedanken in Erinnerung, denn er sah das grundsätzliche Problem auf sie zukommen, als er die ihm bekannte Haltung in dieser Frage wiedererkannte. So fasste er sich ein Herz und hielt seinem Vater vor: „Du bist beleidigt und empört, weil ich einen anderen Schritt gehe, als du mir vorgegeben hast. Du kannst dich auch nicht in meine Lage hineinversetzen, nachdem ich Jacinda hier kennengelernt habe. Wenn du nicht akzeptierst, was ich mache, wirst du mich zu Hause nur noch selten sehen.“

„Ich will das Mädchen sprechen“, entfuhr es Paul. „Heute noch. Der alte Kauz kann meinetwegen dazukommen, wenn er überhaupt in der Lage ist, Englisch zu verstehen. Ich werde denen schon etwas erzählen, wenn sie glauben, sie könnten sich in bessere Kreise einschleichen und ihr primitives Dasein so vergessen.“

Wütend entgegnete Gregory: „Wenn du es unbedingt wissen willst, gehen wir wieder zurück.“

Sean hatte inzwischen von Jacinda erfahren, wer der unbekannte Besucher seines Stands war. Als er Vater und Sohn kommen sah, wappnete er sich und grüßte erneut: „Kia ora, guten Tag zusammen.“

„Lassen Sie die Finger von meinem Sohn, guter Mann“, eröffnete Paul das Gespräch. „Ihre Rechnung geht nicht auf, damit wir uns gleich richtig verstehen.“

Sean war der englischen Sprache nicht so mächtig, dass er sofort hätte antworten können. Er zögerte, als Paul ihn gleich unterbrach und fortsetzte: „Ich kenne euer Spiel: Anbandeln mit dem Sohn aus gutem Haus. Ihm erzählen, dass er willkommen sei und von der Tochter geliebt werde. So glaubt ihr, aus eurer selbstverschuldeten Lage herauszukommen. So einfach geht das nicht."

Nun schaltete sich Jacinda, die sehr viel eloquenter als ihr Vater war, in das Gespräch ein und erzählte, wie sie Gregory kennengelernt hatte. „Er hat das Gespräch mit mir, er hat den Kontakt zu uns gesucht. Wir wissen selbst, dass sein Zuhause ein anderes ist als unser …"

„Wenn du glaubst", unterbrach Paul sie, „mit deiner Schönheit Köder auszulegen, so werde ich dieses dreiste Spiel beenden. Du hast ihm nachgestellt wie eine Hure, mit schönen Augen so getan, als seist du ihm ebenbürtig."

„Die Herkunft hat uns weder behindert noch beflügelt", wusste Jacinda zu antworten. „Wir mögen uns und interessieren uns gar nicht für unsere Familien."

„Das sieht dir ähnlich, du alte Hexe", ereiferte sich Paul. „Man sollte dir die Augen auskratzen, damit man sieht, was du für ein Miststück bist. Das Intrigenspiel dessen, der sich mein Sohn nennt, hast du mitgemacht. Ihr wisst, dass euer Spiel durchschaut ist. Gregory und du – ihr habt mich betrogen und verkauft. Lug und Betrug beobachte ich bei Gregory seit Wochen, tanzt seinem Vater in übelster Weise auf der Nase herum und macht ihn zum Gespött der Leute. Eure Haltung ist infam und dreist, an Frechheit nicht mehr zu überbieten."

„Dazu kann ich Ihnen nur entgegenhalten", entfuhr es Jacinda, „Unglück kann Wangen unterwerfen, jedoch den Geist nie mehr besiegen."

Diese Bemerkung versetzte Paul in Rage, und er erklärte mit vollem Ernst:

„Mein Sohn wird sich niemals mit der Tochter eines Maori abfinden. Ihr seid nicht unsere Welt, sondern bleibt unter euch. Ihr könnt euch in unseren Kreisen gar nicht bewegen. Es wäre ja höchst blamabel, wenn ich erzählen müsste, mein Sohn Gregory habe sich mit einer Schäferstochter eingelassen.

Ihr passt nicht zu uns, seid unzivilisiert und dritte Wahl. Bleibt ihr unter euch, mit uns könnt ihr nicht weiterkommen."

Jacinda gab nicht auf und erklärte: „Die Sonne scheint auf Ihren Palast wie auch auf unser Cottage. Über beiden Häusern ist es dieselbe Sonne, sie macht überhaupt keinen Unterschied."

Mit dieser Bemerkung war für Paul der Faden gerissen. „Ich erwarte, dass Gregory sofort mit mir nach Hause fliegt und ihr zukünftig nicht mehr das Netz nach unserer Familie auslegt. Solltet ihr das nicht befolgen, wird es bitterernste Konsequenzen für alle Beteiligten nach sich ziehen." Und an Gregory gewandt sagte er scharf: „Komm, Junge, sofort."

Und Gregory, der die ganze Zeit geschwiegen hatte, antwortete ganz lapidar: „Du kannst allein gehen. Ich bleibe."

Nach einer bangen Minute, die sich für alle Beteiligten wie Stunden ausnahm, drehte sich Paul entschlossen um und ging weg zum Taxistand, ohne ein Wort zu sagen.

TEIL XIV

Florizel:
Was siehst du mich so an?
Ich fühl nur Trauer,
keine Furcht.

(Das Wintermärchen, 4. Akt, 4. Szene, 458 f.)

Sean und die jungen Leute waren wie gelähmt und vermochten die folgenden Minuten kein Wort zu sagen. Es war schließlich Gregory, der den Gesprächsfaden wieder aufnahm und sagte: „Im Augenblick bin ich wie erschlagen und kann nicht sprechen."

Gregory kannte den Hintergrund dieses Ausfalls recht gut, nur hatte er nicht mit dieser unglaublich peinlichen Szene in der Öffentlichkeit gerechnet. Sein Vater war getrieben von der rauschhaften Vorstellung, im Ministry for Primary Industries in Wellington die Leitung zu übernehmen. Er glaubte auch, dass es enorm wichtig sei, ein angepasstes, intaktes und gemeinhin repräsentatives Familienleben vorweisen zu können. Hier war er sehr stark von seinen Erlebnissen in den Vereinigten Staaten geprägt worden. So glaubte er, wenn schon die Ehefrau nicht mehr im Hause sei, zumindest durch einen entsprechenden beruflichen Werdegang des Sohnes, der in seine Fußstapfen treten sollte, Punkte für das Ansehen in der Öffentlichkeit sammeln zu können.

Nach einer langen Pause betretenen Schweigens bemerkte Gregory schließlich: „Wen könnten wir denn einmal um Rat fragen? Wer könnte uns weiterhelfen?"

Er sah sich um und erblickte Sean, der seine Hände vor sein Gesicht hielt und weinte. Auch Jacinda saß bekümmert auf ihrem Hocker und schaute mit geduckter Haltung vor sich hin. Sie alle waren sichtlich schockiert ob dieses heftigen Zwischenfalls und nicht in der Lage, sich zu artikulieren. Gregory fasste sich als Erster ein Herz und fuhr mit brüchiger Stimme fort: „Wir kommen so nicht weiter und brauchen einen Menschen, der uns einen Weg weisen könnte."

Nach einigen Minuten stand Jacinda auf und nahm ihren Vater in den Arm. „Vater, ich lass dich nicht alleine. Ohne dich wäre ich nicht hier. Du brauchst keine Angst zu haben."

Sean schluchzte, als er sagte: „Alles wird mir genommen. Ich bin doch völlig aufgeschmissen ohne dich. Am liebsten wäre ich tot."

„Nein", entfuhr es Gregory, „wir geben so nicht auf. Sean, hast du noch Verbindungen nach England zu Jacindas Angehörigen?"

Sean zögerte mit einer Antwort, um schließlich doch zu sagen: „Was sollen die denn noch tun? Die sind doch auch nicht besser."

„Bekommst du noch weiterhin monatliche Zahlungen von Jacindas Mutter?"

Sean überlegte und wandte seinen Blick seiner Tochter zu: „Meine Liebe, du weißt da besser Bescheid. Ich glaube wohl, ja."

Jacinda schaltete sich in das Gespräch ein und erklärte: „Jeden Monat erhält Vater von meiner Mutter 250 Pfund Sterling. Aber was soll uns das helfen?"

„Das heißt", kombinierte Gregory, „ihr habt noch Kontakt dorthin. Gibt es in England jemand, der für uns Ansprechpartner sein könnte? Mit wem bist du seinerzeit denn hierhin gekommen?"

Sean wischte sich die Tränen aus dem Gesicht und erklärte, dass in den ersten Monaten nach Jacindas Ankunft eine sehr gute Freundin der Mutter nach Milford gekommen sei und einige Monate dort verweilt habe.

„Wie war ihr Name?", wollte Gregory wissen.

„Sie hieß Paulina und hat im Haus der Familie Cohen gearbeitet. Auch ihr Mann sei dort beschäftigt gewesen, sei aber vor einigen Jahren bei einem Autounfall ums Leben gekommen. Ich glaube, er hieß Antony."

„Nun, wenn Paulina noch lebt und die gesamten Umstände und hiesigen Verhältnisse kennt, könnte man sie doch einmal anmailen und über die jetzige Situation informieren."

Die Stille nach dieser Bemerkung machte deutlich, dass der Vorschlag abgewogen und ernst genommen wurde.

„Wer könnte das machen?", fragte Jacinda.

„Sean, würdest du das vielleicht übernehmen?", kam die Antwort von Gregory.

„Aber ich kann doch gar nicht richtig schreiben und mit dem Computer umgehen", wandte Sean ein.

„Das können wir für dich machen. Du müsstest nur deinen Namen dafür hergeben", bemerkte Gregory. „Lasst uns darüber nachdenken und dann entscheiden. Darf ich wohl die kommende Nacht bei euch bleiben, denn ich komme heute gar nicht mehr nach Wellington." Die Frage wurde nicht beantwortet. Stattdessen stand Sean auf und ging auf Gregory zu, legte ihm den Arm um die Schulter und drückte ihn fest an seine Brust. „Jacinda, bereitest du bitte eine Übernachtungsmöglichkeit für Gregory?"

TEIL XV

Camillo:
Wenn Sie bei Ihrer Absicht bleiben
und fliehen wollen,
dann gehen Sie nach Sizilien,
und stell'n Sie sich und Ihr Prinzesschen
dem Leontes vor.

(Das Wintermärchen, 4. Akt, 4. Szene, 538 ff.)

Am nächsten Morgen standen alle sehr früh auf und überlegten gemeinsam, welchen Text sie an Paulina und Jacindas Mutter Pamela in England schicken wollten. Sie schilderten die bisherigen Vorkommnisse und erklärten, dass sie sich von Gregorys Vater bedroht fühlten und um Hilfe baten. Die Mail wurde an Pamela, Paulina und andere Freunde versandt mit der Bitte um rasche Antwort.

Gregory machte sich per Bus und Flugzeug nun auf den Heimweg und versprach, so schnell wie möglich zurückzukommen. Ihm war mächtig bange um das Herz bei dem Gedanken, dass er am Abend seinen Vater wiedersehen würde und seine ganze Strenge und Entschlossenheit ertragen müsste.

Er verabschiedete sich von Jacinda, die weinend in seinen Armen lag, wie von ihrem Vater, der um Fassung bemüht war, aber offensichtlich in der vergangenen Nacht kaum geschlafen hatte. „Ich melde mich bei euch so bald wie möglich. Denkt an mich und haltet mir die Daumen. Adieu, ihr beiden."

Mit wackeligen Knien ging Gregory zur Bushaltestelle, um den Shuttlebus nach Queenstown zu besteigen. Der Flieger nach Wellington war nur schwach belegt und landete pünktlich. Von dort ging es per Taxi nach Hause, wo er zunächst niemanden antraf. Er suchte sein Zimmer auf und bereitete den folgenden Tag in der Universität vor, als er plötzlich ein Fahrzeuggeräusch hörte. Sein Vater war vorgefahren und stellte den Wagen in der Garage ab. Gregory hörte, wie er die Eingangstür öffnete und in das Haus eintrat. Der Vater legte sein Sakko und die Krawatte ab und rief: „Jemand im Haus?" Doch keine Antwort, bis Gregory vorsichtig die Tür seines Zimmers öffnete und durch den Flur in die Küche eintrat. Dort saß der Vater und las bei einer Tasse Tee den *Listener*, ein politisches Wochenmagazin, das seine tägliche Arbeit immer sehr kritisch unter die Lupe nahm. Er sah Gregory in der Tür und versuchte anfangs, seinen Sohn zu ignorieren, indem er weiterhin in dem Magazin blätterte.

„Hallo, Daddy", nahm Gregory das Gespräch auf.

Keine Reaktion. Nach einigen Sekunden doch die mürrische Frage: „Wo hast du dich denn rumgetrieben?"
Wiederum eine längere Pause.

Gregory setzte an zu erklären, als sein Vater plötzlich lospolterte: „Wenn du nicht mehr nach Hause kommen willst, kannst du bleiben, wo der Pfeffer wächst. Wenn du diese Nummer weiterziehst, wirst du hier auch nicht mehr wohnen bleiben."

Gregory hatte eine heftige Reaktion erwartet, war aber dennoch tief getroffen. „Dad, hör doch bitte mal ..."

Er konnte den Satz nicht zu Ende führen, denn mit überschäumender Wut brüllte Paul seinen Sohn an: „Diesem Lockvogel und ihrem Zuhälter sollte man das Handwerk legen. Und du bist so ein Idiot, nicht zu merken, was sie vorhaben."

„Ja, was haben die denn vor?", setzte Gregory trotzig daneben.

„Das weißt du nicht oder willst es nicht wissen. Ein Kanake auf der Südinsel verkuppelt seinen Lockvogel, um uns das Geld aus der Tasche zu ziehen. Dieses Vorgehen ist hinreichend bekannt. Man angelt sich einen jungen Mann aus gutem Haus, spielt das Sexhäschen und heuchelt Liebe und Sympathie, um aus dem selbstverschuldeten Elend herauszukommen. Die alte Masche, jeder kennt sie hier."

„Hier wird nicht gespielt, Daddy, sondern ich war es, der auf Jacinda zugegangen ist."

„Umso schlimmer. Du bist der Idiot, der in seiner Naivität gar nicht erkennt, wo die Schlingen dieses Unterfangens liegen. – Jacinda heißt die Dame? Wie interessant. Und wie heißt ihr Beschützer?"

„Dad, das ist nicht ihr Beschützer, sondern ihr Pflegevater, der sie vor mehr als 16 Jahren in seine Obhut nahm. Sie hatte als Kind niemanden, der sich um sie kümmerte."

„Du kannst als Märchenonkel losziehen, mein Lieber. Ein weißes Mädchen wird von einem Maori aufgezogen wie Romulus und Remus von einer Wölfin in Rom. Bald entsteht da unten wohl ein Weltreich."

„Dad, es ist beleidigend für den Pflegevater und Jacinda, wie du über sie redest. Du hast einen Standesdünkel, den wir schon seit langem kennen. So hast du auch meine Mutter, deine Frau, beleidigt, bis sie wegen ihrer Herkunft das Weite gesucht hat."

Die Bemerkung war zu viel für Paul. Er sprach mit bebender Stimme:

„Ich bin derjenige, auf dessen Kosten du lebst. Ich habe in meinem ganzen Leben stets die Familie geehrt und den Beruf hochgehalten. Als Parlamentsmitglied trage ich einen Titel, der mir auf Lebenszeit erhalten bleibt. Um ein Haar hätte ich das Ministerium übernommen, wenn der miese Vogel aus Auckland nicht gegen mich das Komplott gesponnen hätte. Ich komme in der Welt herum, werde weithin in Parlament und Regierung geachtet wegen meiner Kompetenz, meiner Gradlinigkeit und der traditionellen Werte, die ich achte und hochhalte." Paul ereiferte sich und sah sich veranlasst, seinen gesamten Frust und Unmut vor seinem Sohn auszuspucken.

„Große Erwartungen hatte ich in dich. Viel Geld habe ich investiert, um dir das Feld zu bereiten für eine Karriere, die die Erfolgsgeschichte der Familie Austère fortsetzt. Schon meine Eltern haben alles dafür geopfert, mir eine hervorragende Schul- und Ausbildung zukommen zu lassen. Es war für unsere traditionsbewusste Familie immer klar, dass wir allergrößten Wert auf einen angesehenen Beruf und eine standesgemäße Heirat legten." Paul legte eine kurze Pause ein, trat an seinen Sohn heran und blickte ihm mit stechenden Augen ins Gesicht.

„Weißt du überhaupt, was das bedeutet? Eine Frau kann dich heben oder runterziehen, sie kann dich aufbauen oder zerstören. Suchst du nur Sex bei den Frauen, kann das nicht gutgehen. Die Frau für's Leben muss andere Werte verkörpern. Sie muss für dich ein Aushängeschild sein, sie muss repräsentieren können und deinem Stand ebenbürtig sein. Der Adel bleibt unter sich, das gehobene Bürgertum genauso. Wir haben unseren Stand und unsere Familienehre bislang über alles gestellt. Weibergeschichten am Rande – ja! Ein kleines Abenteuer – ja! Aber eine dauerhafte Bindung nur an jemanden, der uns das Wasser reichen kann. Dass du das nicht auseinanderhalten kannst, ist für mich unfassbar." Und noch einmal unterbrach Paul seinen Vortrag, um im Zustand heftiger Erregung fortzufahren:

„Bist du dir gar nicht der Ehre deiner Familie bewusst und machst all meine Bemühungen zunichte, dir Anstand und Etikette zu vermitteln? Und dann kommst du so schnöselig daher, hintergehst und belügst mich, fährst angeblich in ein Zeltlager und lässt dich mit billigen Schäfernutten ein. Eine Schlampe aus der untersten Schublade mit einem Vater, der aussieht wie eine Vogelscheuche. So kommst nach Hause. Wie kann dieser merkwürdige Clown denn nur eine weiße Tochter haben, wenn er nicht vorher eine weiße Frau flachgelegt hat. Man sieht's ihm an, dass er nur Jagd macht auf Weiße. So sind sie doch alle, diese Eingeborenen: Appellieren an die so genannten Menschenrechte, alarmieren Menschenrechtsorganisationen und naive Gutmenschen und planen nichts anderes, als uns kultivierten Europäern in den Rücken zu fallen."

Paul legte noch einmal eine kurze Pause ein, ging zum Fenster, um sich dann umzudrehen, und schrie seinen Sohn an: „Wenn du das Verhältnis zu der Schlampe nicht umgehend beendest, schmeiße ich dich aus dem Haus und will dich nicht mehr sehen. Die Unterhaltszahlungen werde ich dann sofort einstellen."

Gregory hatte im Verlauf der Ausführungen inzwischen seine Zurückhaltung aufgegeben und schleuderte seinem Vater entgegen: „Dad, dann wirst du mich tatsächlich nicht mehr sehen. Ich werde hier ein Zimmer nehmen und mich in Milford umsehen. Auf deine Unterhaltszahlungen kann ich verzichten."

Paul war tief beleidigt und verletzt. Was ihn dabei am meisten kränkte, war die Tatsache, dass Gregory all seine Konzepte und Planungen für die Zukunft zunichtegemacht hatte. Für ihn war Gregorys Leben ein Teil seines eigenen Lebens. Der

Junge stand für ihn in der klaren Erwartung, die Philosophie und das Familienethos des Vaters fortzusetzen.

Doch tatsächlich war nichts dergleichen erkennbar, wenn Gregory ihm mit unsäglicher Frechheit ins Gesicht schleudern konnte, dass er auf seine Zahlungen verzichten könne. Mit bitterer Enttäuschung und ohnmächtigem Zorn musste Paul erleben, dass er jegliche Kontrolle über seinen Sohn verloren hatte. Gregory war nicht mehr sein Sohn; er hatte die Familienehre besudelt und geschändet.

Bevor Letzterer die Küche verließ, um in seinem Zimmer die ersten Sachen zu packen, nahm Paul seine noch gefüllte Teetasse und hielt sie in Richtung seines Sohns. „Du bist für mich gestorben, und deine neuen Freunde sollen verrecken." Gregory wich der Tasse aus, die mit Effet an der Wand landete. Der Tee spritzte an die Tapete und floss langsam zu Boden.

TEIL XVI

Florizel:
Träf mich jetzt mein Vater,
er würd mich nicht ‚Sohn' nennen.

(Das Wintermärchen, 4. Akt, 4. Szene, 651 f.)

Gregory verließ die Küche und rief von seinem Zimmer aus seinen Freund George an, um ihm die katastrophalen Vorgänge der letzten Tage zu schildern. „Du kannst gerne bei mir für einige Tage bleiben. Dann sehen wir einmal weiter", erklärte er. Gregory packte die notwendigsten Habseligkeiten, bestellte ein Taxi und ließ sich zu George fahren. Von dort rief er in Milford an und erzählte Jacinda, was vorgefallen war.

„Ich habe schon mit Vater gesprochen", erklärte sie. „Willst du zu uns kommen?"

„Ich muss überlegen, wie ich jetzt verfahre. Ich melde mich bei euch so bald wie möglich", war die kurze Antwort.

Gregory wollte eigentlich einige wichtige Veranstaltungen seines Studiums zu Ende führen. Zwei Prüfungen standen an, die für ihn wichtig waren. George bot ihm an, bei der Suche nach einem Zimmer in der Umgebung behilflich zu sein. Er solle erst einmal in Ruhe überlegen, wie er verfahren wolle. Die Nacht verbrachte Gregory bei George, um sich am nächsten Tag in das Flugzeug nach Queenstown zu setzen. Dort wurde er bereits erwartet und mit einem Plan konfrontiert: Sean erinnerte daran, dass in England Paulina lebte.

Sie habe ihre Mail erhalten und sich mit Emma Casa, ihrer alten Freundin, sowie mit Jacindas Mutter Pamela beraten. Sie hätten den Vorschlag gemacht, sie alle drei sollten nach England kommen. Dort könnten sie in Ruhe über die jüngsten Ereignisse sprechen und vielleicht eine Lösung finden.

Gregory war erstaunt über die Aktivitäten auf englischer Seite und erklärte, sie sollten darüber nachdenken. Jacinda bemerkte, dass sie mitkommen würde – aber auf jeden Fall ihren alten Pflegevater mitnehmen wolle. Sean wirkte sehr aufgelöst, denn er war noch nie aus seinem Heimatland herausgekommen und kannte England nur durch die Erzählungen anderer.

„Lass uns darüber schlafen und später entscheiden", äußerte er mit zitternder Stimme. Auch Gregory bat darum, eine Nacht verstreichen zu lassen, denn er wusste, welche Konsequenzen ein solches Unternehmen nach sich ziehen würde.

Sein Elternhaus war für ihn verschlossen, die Unterhaltszahlungen des Vaters storniert, der Abschluss des Studiums in Gefahr. Sein gesamtes bisheriges Leben hing am seidenen Faden und eröffnete ihm eine völlig unsichere Zukunft. So ging man zu Bett, um eine unruhige Nacht zu verbringen.

Am nächsten Morgen eröffnete Gregory das Gespräch und sagte, er habe nachgedacht. „Sean, du hast doch immer noch die Verbindung zu Paulina in England. Geh doch bitte auf den Vorschlag ein, zusammen nach England zu fliegen. Wir können dort bestimmt in Ruhe und Sicherheit miteinander beraten, was wir tun sollen. Dort lebt ja auch Jacindas Mutter, die ihre Tochter seit vielen Jahren nicht gesehen hat und sich bestimmt über ein Wiedersehen sehr freuen würde." Jacinda warf ein: „Was ist mit deinem Studium? Wie willst du das finanziell in England schaffen?"

„Das werde ich regeln. Vielleicht mit einem Sabbatjahr. Vielleicht mit einer Fortsetzung des Studiums. Das müssen wir klären."

Sean saß zusammengekauert in der Ecke und begann erneut zu weinen. Jacinda stand auf und ging auf ihren Vater zu:

„Vater, du brauchst keine Angst zu haben. Wir lassen dich niemals allein. Auf alle Fälle kommst du mit uns nach England."

TEIL XVII

Camillo:
Ich meld dem König,
dass sie geflohen sind,
und auch ihr Ziel und hoff dabei,
dass ich ihn dazu bringe,
gleich hinterherzufahren.

(Das Wintermärchen, 4. Akt, 4. Szene, 655 ff.)

Jacinda prüfte die E-Mails und entdeckte mit überschäumender Freude eine Mail von Paulina: „Ihr seid uns jederzeit willkommen. Emma und ich werden uns um euch kümmern. Alexander wie auch deine Mutter sind informiert und unterstützen euch uneingeschränkt." In einem Nachsatz erwähnte Paulina, dass sie inzwischen mit Alexander verheiratet sei, nachdem ihr Mann Antony bereits vor einem Jahr durch einen tragischen Autounfall verstorben sei. In dem Moment traf eine E-Mail von Paul Austère für Gregory ein, in der dieser seinen Sohn ultimativ dazu aufforderte, unverzüglich nach Hause zu kommen.

Dies sei die letzte Verwarnung, ansonsten werde er sofort sein Zimmer räumen lassen und beim Anwalt dafür sorgen, dass er enterbt werde und ein absolutes Hausverbot auf Lebenszeit erhalte.

„Mein Vater hat den Verstand verloren", bemerkte Gregory. „Ich weiß, dass er jähzornig werden kann und in einem solchen Zustand unberechenbar ist. So hat er auch vor Jahren meine Mutter aus dem Haus vertrieben. Es ist seinerzeit zu Handgreiflichkeiten gekommen, so dass Mutter die Polizei geholt hat. Ich halte es nicht für ausgeschlossen, dass er hier bald wieder auftaucht und alles aufmischt. Daher meine ich auch: Lasst uns so schnell wie möglich das Angebot aus England annehmen. Um meine berufliche Zukunft werde ich mich kümmern, sobald wir in Sicherheit sind."

Jacinda und Gregory wandten sich sofort an das örtliche Reisebüro und buchten einen Flug von Queenstown über Wellington nach London. Bereits am übernächsten Tag waren drei Plätze frei, die sie auch direkt in Anspruch nahmen. Zwischenzeitlich trafen sie alle notwendigen Vorbereitungen für die Reise, die insbesondere für Sean ein riesiges Problem war, da seine Tiere versorgt werden mussten und er einem befreundeten Kollegen nicht erklären konnte, wie lange er abwesend sein würde. Der benachbarte Schäfer erklärte sich auch mit seiner Frau bereit, Haus und Hof von Sean und Jacinda zu verwalten und sich um die wichtigsten Dinge des Alltags zu kümmern. Zum Flughafen in Queenstown nahmen sie den Shuttlebus, wählten die

Maschine gegen 11.20 Uhr und machten ihren Zwischenstopp in Wellington. Nach einem einstündigen Aufenthalt ging es weiter mit einem Zwischenstopp über Singapur nach London, wo sie nach 34 Stunden Flugzeit völlig erschöpft eintrafen. Am Empfang in Heathrow wurden sie bereits erwartet, als Paulina mit ihrem neuen Ehemann Alexander die Reisenden begrüßte.

„Ihr müsst todmüde sein", bemerkte Paulina als Erstes und umarmte die Gäste aus Neuseeland überschwänglich. Sean entgegnete ein wenig unsicher, man habe im Flugzeug geschlafen, eine Bemerkung, die aber seine übermüdeten Augen nicht verbergen konnte. Alexander war tief gerührt, die hübsche Jacinda, die er als Kleinkind so intensiv begleitet hatte, vor sich zu sehen.

„Kind", entfuhr es ihm, „was bist du eine großartige Frau geworden. Ich kenne dich noch, da warst du so klein." Und er deutete mit einer Handbewegung an, dass er das kleine Baby meinte, um das vor Jahren der Streit um die Vaterschaft begonnen hatte. Jacinda grüßte mit großer Zurückhaltung und stellte sich nach der Begrüßung sofort wieder an die Seite ihres Pflegevaters. Sean war sichtlich verwirrt, denn er hatte die Fahrt vom Flughafen nach Chorleywood wie den Eintritt in eine Phantasiewelt erlebt. Der Verkehr, die vielen Häuser in dichter Bebauung, keine Berge, aber unzählige Menschen – all das war für den alten Mann zu viel. Er bekam Angst und ergriff die Hand seiner Tochter in der Erwartung, vertraute Menschen in seiner Umgebung würden ihm helfen und seine Aufregung ein wenig besänftigen. Paulina wies den drei Gästen drei Räume ihres Hauses zu – nicht groß, aber jeweils ein Bett für jeden von ihnen.

„Ich glaube, ihr seid so erschöpft", nahm sie das Gespräch wieder auf, „dass ihr wahrscheinlich alle erst einmal schlafen wollt. Wir haben für euch alles vorbereitet." Sie wies ihnen ihre Schlafräume zu, die von den angekommenen Gästen aus der anderen Welt gerne aufgesucht wurden. Im Gespräch mit ihrem Mann regte Paulina an, es sei sinnvoll, Pamela, die im Süden von London wohnte, anzurufen und über die Ankunft der Gäste zu informieren.

TEIL XVIII

Leontes:
Kluge Paulina, gute,
wieviel Trost ich stets von dir bekam!

(Das Wintermärchen, 5. Akt, 3. Szene, 1 f.)

Pamela, die zwischenzeitlich in einem Anwaltsbüro in Stadtteil Bromley beschäftigt war, war völlig aufgeregt, als Paulina sie in kurzer Form über die zurückliegenden Ereignisse informierte.

„Wie geht es den dreien?", fragte sie. „Was machen sie im Augenblick?" Paulina erzählte und überlegte zusammen mit Pamela, wie sie nun vorgehen sollten. Der Kontakt Paulinas und ihres Manns Alexander zu Robert war nie abgebrochen, obwohl sich dieser mittlerweile völlig aus dem öffentlichen Leben zurückgezogen hatte. Für ihn war vor Jahren eine Welt zusammengebrochen, als er erfahren hatte, den Irrtum seines Lebens begangen zu haben. Sein Sohn Marius war verstorben, seine Ehefrau Pamela verschollen, und – was ihn am meisten bekümmerte – er wusste darum, Vater einer Tochter zu sein, die er noch nie gesehen hatte. Die Freundschaft zu seinem alten Freund Paul war zerbrochen, das Leben erschien ihm inzwischen düster und aussichtslos.

„Soll ich zu euch nach Chorleywood kommen?", fragte Pamela. „Sagen Sie, wie wir verfahren sollen."? Paulina nickte Alexander zu: „Wann können Sie kommen?", fragte sie.

„Jederzeit, wie es Ihnen hinkommt."

„Dann kommen Sie doch morgen früh, wenn die drei ausgeschlafen sind", gab Paulina am Telefon zurück.

„Gut, ich bin dann morgen gegen zehn Uhr bei Ihnen, wenn es recht ist."

Es war allen Beteiligten recht. Am nächsten Tag sollte die Begegnung der Stunde kommen? Sean, Jacinda und Gregory waren sehr früh wach und wurden darüber informiert, dass Pamela gegen zehn Uhr eintreffen würde. Als Jacinda hörte, dass sie zum ersten Mal in ihrem Leben ihre Mutter sehen würde, wurde sie fürchterlich aufgeregt und konnte ihre Nervosität kaum verbergen. Auch Sean war äußerst angespannt, da ihn die neue Umgebung außerordentlich befremdete und er immer mit dem Gedanken lebte, dass er seine Tochter verlieren könnte. Kurz vor zehn ging die Haustürglocke und eine Frau in den besten Jahren stand in der Tür. Pamela besaß eine gute Figur, hatte sich passend zurechtgemacht und sah sehr attraktiv aus. Ein wenig scheu stand sie in der Tür, die von Alexander geöffnet wurde. „Mrs. Cohen, herzlich willkommen. Treten Sie doch bitte ein." Vorsichtig betrat Pamela den Flur, legte ab und trat in das Wohnzimmer, wo sich die anderen alle bereits versammelt hatten und auf sie blickten. Paulina stellte alle Anwesenden vor, wobei sich die ängstlichen Blicke von Mutter und Tochter trafen. Pamela ging auf Jacinda zu, die aufstand, um ihr die Hand zu reichen. Für einen kurzen Moment schauten sie sich in die Augen, bis die Mutter zu weinen begann. Im ganzen Raum herrschte eine atemlose Stille, als Paulina ihre Freundin in den Arm nahm und an der Wange streichelte. Jacindas Anspannung war nicht gewichen, und etwas scheu stellte sie ihrer Mutter den Freund vor. „Hallo, Gregory", sagte Pamela ein wenig spröde. Jacinda ging weiter, fasste ihren Pflegevater an der Hand und sagte zu ihrer Mutter: „Und dies ist mein Daddy, der beste Vater, den du dir vorstellen kannst." Pamela blieb vor Sean stehen, sah ihm lange in die Augen und sagte: „Ganz, ganz herzlichen Dank, mein Lieber, für all das, was Sie für meine Tochter getan haben. Der liebe Gott möge es Ihnen immer vergelten." Sie nahm Seans Hand und legte sie an ihre Wange und küsste sie.

Seans Aufregung legte sich ganz allmählich, denn er atmete tief aus und suchte Blickkontakt zu Jacinda.

„Bitte, lasst uns alle Platz nehmen", sagte Paulina, die einen Tisch mit Tee und Gebäck vorbereitet hatte. Als alle saßen, nahm sie das Gespräch auf und fragte: „Was sollen wir jetzt machen? Ihr alle wisst, warum wir in dieser Runde zusammensitzen." Die angespannte Situation löste sich im Laufe des Gesprächs deutlich spürbar auf und führte zu einer Reihe verschiedener Vorschläge.

„Was würdet ihr davon halten", sagte Alexander, „wenn wir versuchen würden, Mr. Cohen, also Robert, in diese Sache einzuweihen?"

„Nein", wehrte Pamela sofort ab, „das kommt auf keinen Fall in Frage. Ich habe Robert seit Jahren nicht mehr gesehen. Er hat nach dem Tod unseres Sohnes Marius nicht mehr ansatzweise mit mir Kontakt gehabt. Ob ich tot bin oder lebe, interessiert diesen Mann überhaupt nicht."

Paulina schaltete sich in das Gespräch ein: „Pamela, Robert ist heute ein anderer Mensch. Die scheinbare Affäre vor sechzehn Jahren ist für ihn heute eine absolute Fehlleistung gewesen. Er hat ja nach der Klärung der Situation bereits eingeräumt, sich total verrannt zu haben. Den plötzlichen Verlust seiner Tochter hat er anfangs gar nicht verstanden und dann später tief bereut. Der Verlust eures Sohnes Marius war für ihn eine Katastrophe, so dass er heute wirklich ein völlig gebrochener Mann ist. Auch zu seinem Jugendfreund Paul ist der Kontakt ja vollkommen abgebrochen, so dass im Anlass der ganzen Geschichte vor 16 Jahren nur noch Chaos und Irrtum gesehen wird. Robert konnte auch seine berufliche Position nicht halten und ist seit Jahren in psychotherapeutischer Behandlung."

Alle nahmen diese langen Ausführungen Paulinas mit gro-ßem Interesse zur Kenntnis, denn nur sie und Alexander hatten noch Kontakt zu ihrem ehemaligen Chef.

Alexander setzte die Ausführungen seiner Frau fort und er-klärte: „Wir allein kommen hier ja nicht weiter. Die Hauptpersonen für diese ungewöhnliche Situation sitzen hier nicht am Tisch. Wir wissen, dass Ihr Vater", und damit wandte er sich an Gregory, „der Anlass für unser Zusammenkommen an diesem Tisch ist. Er hat uns die Sache beschert im Glauben, sein Sohn habe nicht den richtigen Umgang für das Haus Austère gefunden. Wenn der nur wüsste … Nach einer Pause fuhr er fort: „Ihr Vater, Jacinda, ist auch so neunmalklug gewesen und einem fatalen Irrtum aufgesessen, als er glaubte, in seinem ehemaligen Freund einen Rivalen für seine Frau gefunden zu haben. Alle beide waren und sind borniert und haben großes Unglück über alle gebracht." Und er zögerte erneut, bevor er weitersprach: „Beide Herren wussten nicht, was sie taten, denn sie waren ignorant und unbelehrbar. Beide müssten eigentlich zu uns kommen und ihre schrecklichen Irrtümer einsehen."

TEIL XIX

Schäfer:
Komm, Junge;
übers Kinderzeugen bin ich raus,
aber deine Söhne und Töchter werden
alle gebürtige Adelige sein.

(Das Wintermärchen, 5. Akt, 2. Szene, 122 ff.)

Nach diesen langen Ausführungen war anfangs niemand in der Lage zu antworten. Das betretene Schweigen zog sich mehrere Minuten hin, bis Jacinda das Wort ergriff: „Können wir nicht versuchen, meinen Vater für uns zu gewinnen? Denn es gibt wahrscheinlich sonst niemanden, der an Gregorys Vater herantreten könnte. Wenn jemand von euch in der Lage ist, meinen Vater zu erreichen, wäre es doch super, wenn er zu uns kommen könnte. Und ich fände es schön, wenn er einmal meinen Pflegevater hier an meiner Seite kennenlernen würde."

Über diese Bemerkung war Sean offenkundig nicht sonderlich glücklich, denn er schaute betreten zu Boden in der beständigen Furcht, dadurch vielleicht seine geliebte Jacinda zu verlieren. Sein Blick richtete sich auf, und er bemerkte, dass alle Augen auf ihn gerichtet waren. Tapfer erhob er sein Gesicht und sagte etwas gequält, dass Jacinda doch einen guten Vorschlag gemacht habe.

Nach einigen Diskussionen zum weiteren Vorgehen wurde vereinbart, dass Paulina und Alexander Robert Cohen anrufen sollten, um ihm den Sachverhalt zu schildern. Alexander bemerkte, Robert werde wahrscheinlich gar nicht glauben wollen, was ihm zugetragen werde. Die Tatsache aber, dass er von der Existenz seiner Tochter erfahre, die er zum ersten Mal in seinem Leben sehen werde, werde ihn sicherlich dazu führen, in das Haus von Alexander und Paulina zu kommen. Alle Beteiligten gingen davon aus, dass dieser Vorschlag gut durchdacht und sehr sinnvoll sei. Alexander erklärte sich bereit, Robert zu benachrichtigen und um einen Besuch zu bitten.

Pamela, die der Unterredung schweigend zugehört hatte, bemerkte mit leiser Stimme: „Bei dem Treffen mit Robert möchte ich nicht dabei sein. Das würde meine Kräfte übersteigen." Paulina und Alexander machten sofort durch verständnisvolles Nicken klar, dass sie Pamelas Scheu in Gänze nachvollziehbar fanden. „Mrs. Cohen", begann Paulina, „das ist überhaupt keine Frage. Sie bleiben zu Hause, und wir werden sie ganz schnell informieren, wie Robert Cohen dieses Treffen aufgenommen hat. – Wir bemühen uns, ihn so rasch wie möglich zu erreichen, und vielleicht ist es uns ja noch in dieser Woche möglich, ihn zu uns nach Hause zu bitten."

Jacinda, Sean und Gregory verbrachten die Nacht bei Paulina und Alexander, Pamela machte sich auf den Heimweg nach Bromley. Am folgenden Tag versuchte Alexander, seinen ehemaligen Chef Robert Cohen zu erreichen. Es war ihm schließlich möglich, ihn im Gesundheitsministerium an das Telefon zu bekommen. „Mr. Cohen, lieber Chef", begann er das Gespräch, „wäre es wohl möglich, Sie einmal für eine Viertelstunde am Telefon zu halten? Es ist eine sehr wichtige Angelegenheit." Robert war völlig erstaunt und fragte, worum es gehe. „Es geht um Ihre Tochter Jacinda, Mr. Cohen. Sie ist hier in England."

Nach einem kurzen Zögern antwortete Robert: „Können Sie mich gegen 17.00 Uhr noch einmal anrufen? Ich gebe Ihnen dazu eine andere Telefonnummer."

„Natürlich kann ich das. Sie dürfen sich freuen. Ich rufe Sie an."

Das zweite Telefongespräch fand in Roberts Büro am Themseufer statt. Er schaute aus dem dritten Stock auf die Londoner Skyline und erinnerte sich an die Zeiten, da er von der obersten Etage auf Westminster und große Teile Londons sehen konnte. Bedingt durch lange Ausfälle und seine wiederholten Aufenthalte in verschiedenen Sanatorien in Wales hatte er seine Spitzenposition im National Health Service aufgeben und sich mit der Position des Head of Department abfinden müssen.

Auch wenn ihn dieser Abstieg sehr schmerzte – eine Zeitlang war er im Ministerium für ministrabel gehalten worden –, war er letztlich doch sehr froh, überhaupt weiter arbeiten zu können. Zu sehr war sein Leben beschädigt durch die Eifersuchtsszenen vor 16 Jahren. Er hatte sein Privatleben völlig zerstört, wusste nicht, ob seine Frau und seine Tochter noch lebten. Er wusste um den frühen Tod seines Sohnes Julian, auf den er abgöttisch stolz gewesen war, der aber so elend an

Leukämie verstorben war. Seine berufliche Karriere – lange Zeit bestimmend für seine Lebensgestaltung – hatte ein jähes Ende genommen, und er war froh, nicht mit Schimpf und Schande aus dem Amt gejagt worden zu sein. Seine Vorgesetzten waren aber sehr fürsorglich zu dem Schluss gekommen, dass eine nationale Gesundheitseinrichtung behutsam mit ihren Mitarbeitern verfahren müsse, wenn sie körperlich und psychisch in eine Lebenskrise gekommen seien.

„Robert Cohen am Apparat, sind Sie es, Alexander?" Alexander schilderte seinem Gesprächspartner die Vorgänge der letzten Tage und Wochen und wartete Roberts Reaktion ab. Letzterer war völlig sprachlos, denn eine solche Fülle an neuen Informationen für jemanden, der gleichsam eine Nachrichtensperre in den letzten Jahren erlebt hatte, war fast nicht zu ertragen. Robert griff einzelne Detailinformationen auf und fragte: „Wo war meine Tochter? Wer ist der Maori? Wo sind sie jetzt?" Und er rief überschwänglich in den Hörer:

„Jacinda ist meine Tochter! Ich möchte sie unbedingt sehen." Alexander erklärte dazu: „Deshalb rufe ich ja an, Mr. Cohen. Meine Frau Paulina, die Sie und Jacinda ja lange begleitet hat, würde sich freuen, wenn Sie wieder einmal zu uns nach Hause kommen könnten."

„Das wäre ja wunderbar. Nichts lieber als das", erwiderte Robert. „Wann kann das sein?"

„Sobald Sie können. Machen Sie einen Vorschlag!"

„Morgen kann ich leider nicht, aber ich könnte Freitagnachmittag zu Ihnen nach Chorleywood kommen. Ist das möglich?"

Alexander gab ihm seine Adresse, und Robert vereinbarte eine Zeit für 16.00 Uhr am übernächsten Tag.

TEIL XX

Perdita:
Unglück, denk ich,
kann Wangen unterwerfen,
doch nicht den Geist besiegen.

(Das Wintermärchen, 4. Akt, 4. Szene, 572 f.)

Um 15.50 Uhr stand er vor der Tür und betätigte die Hausklingel. Paulina öffnete und umarmte ihren ehemaligen Chef. Sie betraten das Wohnzimmer, wo Gregory und Jacinda sich von ihren Plätzen erhoben. Jacinda ging ruhig auf ihren Vater zu und reichte ihm mit klarem Blick die Hand. Robert bemühte sich um Haltung, ließ aber doch eine deutliche Unsicherheit erkennen. Er wagte es nicht, Jacinda zu umarmen, fuhr mit seiner linken Hand aber über ihre Schulter und erklärte:

„Solch eine hübsche Tochter habe ich – und nie zuvor gesehen. Ich freue mich, Jacinda, dass wir hier zusammengekommen sind." Sie stellte ihrem Vater ihren Freund vor, der Robert mit selbstbewusstem Blick begegnete. „Das ist Gregory Austère aus Wellington", erklärte sie. Robert begrüßte ihn mit einem erzwungenen Lächeln und sagte: „Ich freue mich unglaublich, heute bei euch zu sein. Niemals hätte ich daran geglaubt, dass es ein solches Treffen geben würde."

Sie alle nahmen Platz. Alexander trat hinzu, begrüßte seinen Gast und eröffnete das Gespräch. „Wir sind alle recht ratlos, was zu tun ist, hoffen aber, dass wir hier eine Lösung finden können." Nach einer ausgiebigen Diskussion erklärte Robert, es tue ihm unendlich leid, was er seinerzeit gesagt und getan habe. Besonders leid tue es ihm für seine Frau Pamela wie auch für seinen alten Freund Paul. Er habe ihm damals bitter Unrecht getan und scheue sich, heute über Paul irgendein böses Wort auszusprechen. Er könne bei ihm nur Abbitte leisten für die bösen Unterstellungen der Vergangenheit. Er bekannte auch sogleich, ein fürchterlich schlechtes Gewissen zu haben im Angesicht seiner Tochter Jacinda.

Nie habe er sich um sie gekümmert, nicht mal Alimente für sie bezahlt, da niemand mehr zu ihm den Kontakt gesucht habe. Er sei tief berührt, seine erwachsene Tochter so vor sich zu sehen, und könne dem Pflegevater Sean nur unendlich dankbar sein, dass er sich so lange und intensiv um Jacinda gekümmert habe. Auch gegenüber Gregory sei er zu Dank verpflichtet, da erst durch dessen Hartnäckigkeit der Stein ins Rollen gekommen sei. Er kenne Gregorys Vater ja lange genug und könne nicht verstehen, wieso dieser mit solcher Heftigkeit gegen die Verbindung von Jacinda und Gregory zu Felde ziehe.

An dieser Stelle unterbrach Paulina Robert und sagte, dass die entscheidende Person nun mal nicht anwesend sei. Gregorys Vater habe sozusagen diese Situation herbeigeführt, man könne auch sagen, allen Anwesenden eingebrockt. Eigentlich sei es jetzt unbedingt an der Zeit, ihn über die gesamten Umstände zu informieren. „Aber wer will das schon machen?", fragte Gregory. „Ich auf keinen Fall."

Robert wusste zu berichten, dass Paul schon immer sehr impulsiv, oftmals jähzornig gewesen sei. „Als Kinder haben wir uns oft gezankt, manchmal heftig gestritten. Als wir einmal an einem kleinen Bach Staudämme bauten und ich den seinen versehentlich beschädigt hatte, nahm er einen Holzknüppel und ging auf mich los. Er unterstellte mir, ich hätte absichtlich sein Werk zerstört, weil ich es nicht einsehen könne, dass er mehr Sachverstand hätte als er."

„Ich weiß das", ergänzte Gregory, „Vater hat zu Hause auch öfter die Fassung verloren, wenn die Dinge nicht so liefen, wie er sich das vorgestellt hatte. Letztlich ist ja deshalb auch meine Mutter ausgezogen, weil sie die Tyrannei meines Vaters nicht mehr ertragen konnte. Der Beruf ging ihm über alles. Sein persönlicher Ehrgeiz war beängstigend. Er spekulierte immer darauf, eines Tages das Landwirtschaftsministerium in Wellington übernehmen zu können." Paulina fuhr fort, dass er unbedingt informiert werden, bestenfalls auch nach England kommen müsse. „Wer setzt ihn in Kenntnis?", fragte sie in die Runde.

Die Blicke aller Anwesenden kreisten und fielen zuletzt auf Robert.

„Mr. Cohen, würden Sie das machen?"

Es dauerte nicht lange, bis Robert aufschaute und mit gedämpfter Stimme sagte: „Ich glaube, ich habe einiges gutzumachen. Auch wenn ich ihn seit 16 Jahren nicht mehr gesprochen habe, da wir in heftigem Streit auseinandergingen, werde ich den Versuch machen, ihm zu erklären, was sich hier abspielt, und ihn zu einem Flug nach England zu bewegen." Und nach einer kurzen Pause: „Ja, ich mache es. Ich werde Paul anrufen." Die Erleichterung war groß, denn alle Anwesenden verbanden die Hoffnung, dass mit diesem Schritt der Kreis sich möglicherweise schließen könnte.

Am folgenden Tag war Robert nach einem anstrengenden Arbeitstag abends zu Hause. Er überlegte, wann er seinen alten, inzwischen verfeindeten Freund Paul sinnvollerweise erreichen könnte. Es erschien ihm wichtig, sich gut auf das Gespräch vorzubereiten und einen günstigen Zeitpunkt zu erwischen. Daher entschied er sich, noch einen Tag zu warten, um Paul dann in einem sorgfältig vorbereiteten Telefonanruf zu überraschen.

Als es am Abend schließlich zu einer Verbindung London – Wellington kam, schien Paul wie betäubt. „Wer bist du?", fragte er und wollte das Gespräch schon beenden. Robert ließ sich aber nicht beeindrucken, sondern verwies auf Pauls Sohn, der in England sei. „Da soll er bleiben, ich will ihn nicht mehr sehen", entgegnete Paul.

„Junge, hör doch mal zu. Was ich dir jetzt zu sagen habe, wird dich ganz bestimmt interessieren." Und Robert holte weit aus, um Paul die gesamten Umstände des Anrufs zu erläutern. Am Ende der Ausführungen nach etwa zehn Minuten antwortete Paul: „Sorry, Bob, das kann ich so schnell nicht verarbeiten. Ich mag es auch nicht glauben, weil es fast wie eine Märchenerzählung wirkt. Bitte erzähl mir noch einmal ganz kurz, was du mir soeben mitgeteilt hast."

Und Robert wiederholte sich, kürzte die Umstände aber ab und schloss mit der Aufforderung an Paul, nach England zu kommen und die Situation vor Ort zu erleben. Paul entgegnete, er brauche ein wenig Zeit, um über all das nachzudenken, und werde sich am nächsten Tag bei ihm wieder melden. Zwischenzeitlich reflektierte Paul die Situation noch einmal sehr gründlich und detailliert und erreichte abermals den Punkt, dass all das viel zu schön sei, um wahr zu sein. Fairy-Tales,

Heldensagen, biblische Gleichnisse nehmen diese Wendung. Sein Leben war bislang völlig anders verlaufen.

Dennoch meldete er sich, wie vereinbart, bei Robert und fragte ihn noch einmal, was man von ihm denn erwarte. Robert entgegnete, Paul müsse nach England kommen, das Gespräch mit seinem Sohn suchen und zur Kenntnis nehmen, dass Jacinda nicht irgendjemand sei, sondern Roberts Tochter, die auch er viele Jahre verkannt und ignoriert habe. Im Übrigen habe er, Robert, noch eine schwere Bringschuld gegenüber Paul, die er unbedingt mit ihm begleichen möchte. Viele Jahre habe all das geschlummert, was sich im Laufe der Jahre an Problemen, vermeintlichen Intrigen und Missverständnissen angehäuft habe. Bei gutem Willen bestehe nun die Möglichkeit, einiges davon zu klären und zu glätten.

Am anderen Ende der Leitung war die Überraschung unvorstellbar groß. Für Paul grenzte es fast an ein Wunder, die von Robert vorgestellte Entwicklung nachvollziehen zu können. Denn eigentlich hatte er sich eingerichtet, ja geradezu verliebt in die Vorstellung, dass er Opfer einer Intrige geworden sei. Schon seit der Trennung von seiner Frau vor Jahren, aber natürlich auch durch die Unterstellungen in Chorleywood durch Robert war er der Auffassung gewesen, man habe sich gegen ihn verschworen, weil er intelligent, beruflich erfolgreich und durchsetzungsfähig sei. Man habe ihm das nicht gegönnt und wiederholte Male versucht, seine Karriere und sein Leben zu zerstören.

Nun war er bereits so weit zu glauben, dass auch sein Sohn das Intrigenspiel fortsetzen würde, denn die Liaison mit einem Mädchen auf der untersten Sprosse der sozialen Leiter war für ihn nur Ausdruck einer Böswilligkeit, die genährt wurde von Vater und Tochter, die glaubten, ihrem primitiven Stand so entkommen zu können. Doch die Dinge waren offenkundig anders, als sie erschienen.

Sollte besagte Jacinda tatsächlich die Tochter seines Freundes sein, der ihm ja anfänglich die Vaterschaft unterstellt hatte, wäre der Sachverhalt natürlich ganz anderer Natur. Ja, der gesamte Sachverhalt wäre auf den Kopf gestellt worden. Er hatte schon bei der ersten Begegnung sogleich gedacht, dass das Mädchen einen sehr kultivierten, ja gebildeten Eindruck machte und im Prinzip durchaus sympathisch war.

Der indigene Pflegevater, die sehr schlichte Umgebung, die beruflichen Aktivitäten der beiden bereiteten ihm Probleme und hatten seine Einstellung bekräftigt, dass im Standesbewusstsein einer Familie Austère diese Menschen keinen Platz finden konnten. Aber angesichts der neuen Lage würde er vielleicht doch einmal gerne Roberts Aufforderung, nach England zu kommen, Folge leisten. Möglicherweise könnte sich die Reise lohnen und seine Verbitterung ob der vergangenen Jahre ein wenig mindern.

Er rief daher am Folgetag bei Robert an, um ihm mitzuteilen, dass er nach England kommen werde. Er müsse in den nächsten Tagen dringende Geschäfte in seiner Behörde erledigen, werde sich aber am Samstag in den Flieger setzen, um am Montagmorgen in London zu sein. Robert war sehr erfreut und ließ Paul wissen, dass man sich um Transport und Unterbringung kümmern werde.

Sie seien allesamt sehr gespannt auf den Besuch, der ein wenig in der Regie von Paulina liege, da sie die Person mit den besten Kontakten zu allen Beteiligten sei. Paulina werde ihn auch am Flughafen Heathrow abholen. Paul war sehr einverstanden mit der Vorgehensweise und bat Robert darum, seine Handynummer an Paulina weiterzuleiten.

TEIL XXI

Polixines:
Lass dem, der Grund für all das war,
das Recht, dir soviel Kummer abzunehmen,
wie er selber schultern kann.

(Das Wintermärchen, 5. Akt, 3. Szene, 54 ff.)

Am Flughafen Heathrow traf die Maschine von British Airways um 15.00 Uhr, aus Singapur kommend, ein. Am Meeting-Point konnte Paulina Paul gleich identifizieren und stellte sich noch einmal vor: „Mr. Austère, mein Name ist Paulina Casa, früher Perrar." Paul begrüßte sie sehr freundlich und begleitete sie zu ihrem Fahrzeug, das im Parkhaus abgestellt war.

„Wie lange waren Sie nicht mehr in England?", eröffnete Paulina das Gespräch.

„Oh, das ist schon einige Jahre her", antwortete Paul. „Gelegentlich bin ich kurz in London oder Birmingham, öfter auch mal in Brüssel zu Verhandlungen mit der EU."

„Ich kenne ja Ihre Heimat in Neuseeland durch den längeren Aufenthalt vor einigen Jahren. Ich muss sagen: Gerne wäre ich noch länger geblieben und hätte mir die Naturschönheiten des Landes angesehen. Bis auf Wellington bei der Ankunft habe ich von der Nordinsel sonst gar nichts gesehen."

„Dem kann abgeholfen werden", bemerkte Paul, „denn es ist wirklich ein wunderschönes Land, das ich ja auch erst in späteren Jahren kennengelernt habe. – Aber sagen Sie bitte, in welcher Funktion Sie jetzt hier tätig sind."

Paulina erklärte, dass sie ja viele Jahre angestellt gewesen sei im Hause Cohen. Man habe im Laufe der Jahre sogar ein ausgesprochen freundschaftliches Verhältnis entwickelt mit dem Ergebnis, dass sie mit der kleinen Jacinda für einige Zeit nach Neuseeland gegangen sei. Für Robert Cohen sei ja inzwischen klar, dass er allen Beteiligten fürchterlich Unrecht zugefügt habe. Das beginne mit seiner Frau Pamela und ihrer gemeinsamen Tochter und schließe letztlich ihn, Paul, mit ein, dem Robert ja den Ehebruch mit seiner Frau unterstellt habe.

Für Paul lagen diese Ereignisse ja schon lange zurück und hatten in ihrer Schärfe an Bedeutung verloren.

Der Grund seines Besuches war ja ein anderer, und er nahm während der Autofahrt vom Flughafen die Gelegenheit wahr, Paulina noch einmal seine Sicht der Dinge zu erläutern. Er war erstaunt zu erfahren, wie gut Paulina über vergangene wie auch aktuelle Entwicklungen informiert war, und registrierte für sich ein flaues Gefühl im Magen. Seine beruflichen Ambitionen – lange Zeit mit System und Akribie verfolgt – seien völlig aus dem Blick geraten, nachdem er von der Liebschaft seines Sohnes erfahren habe.

Er müsse einräumen, dass sein Privatleben nach der Trennung von seiner Frau völlig aus dem Ruder gelaufen sei. Umso mehr habe er sich auf seinen beruflichen Werdegang konzentriert und dabei immer wieder die Aussichten auf ein Ministeramt im Kabinett des letzten Premierministers verfolgt. Dass seinem Sohn dabei eine entscheidende Rolle zugekommen sei, könne er nicht verhehlen, denn all seine Ambitionen seien letztlich auf diesen projiziert worden. Umso größer seien seine Enttäuschung, ja Wut und Verzweiflung gewesen, als sich dieser auf neue Wege begeben habe.

„Ja, ich räume ein", seufzte Paul, „ich persönlich fühlte mich beleidigt und verletzt durch die Beziehung meines Sohnes mit dem jungen Mädchen. Erst durch die nachgereichten Informationen konnte ich mich allmählich von der engen Sichtweise befreien. Es erscheint ja fast märchenhaft, dass Jacinda die Tochter meines ehemaligen Freundes Robert ist. Es ist ja absurd, dass mir die Vaterschaft anfänglich in die Schuhe geschoben wurde. Meine verkorkste und verpeilte Sichtweise scheint sich in Wohlgefallen aufzulösen – wie durch eine himmlische Fügung."

„Ich denke, dass wir einiges in diesen Tagen hier werden klären können", sagte Paulina, als sie in Chorleywood ankamen. „Wir haben ein Hotelzimmer für Sie reserviert, das direkt in unserer Nähe ist. Dort können Sie sich erst einmal ausruhen. Können wir Sie wohl morgen gegen 10.00 Uhr vom Hotel abholen?"

„Ich werde fertig sein und bin unglaublich aufgeregt", bemerkte Paul und verließ das Auto. Am nächsten Morgen stand Alexander um 9.50 Uhr mit seinem Vauxhall New Astra vor dem Hoteleingang.

Nicht einmal zehn Minuten später erschien Paul in der Lobby und begrüßte Alexander freundlich. Die beiden fuhren zu dem gemeinsamen Reihenhaus des frisch vermählten Ehepaars Casa. Dort hatte sich Robert bereits eingefunden, den Paul ohne Schwierigkeiten wiedererkannte. Die beiden alten Schulfreunde blickten sich mit ernster Miene an und gaben sich wortlos die Hand.

Als sie das Haus betraten, führte Paulina sie in das Wohnzimmer, wo bereits Gregory, Jacinda und ihr Pflegevater Platz genommen hatten. Paulina hatte einen Stuhlkreis hergerichtet, der allen Beteiligten die Möglichkeit bot, sich beim Gespräch zu beobachten und auch mimisch bemerkbar zu machen.

TEIL XXII

Paulina:
Mich schreckt's, Herr,
wie ich Sie erregt hab;
doch ich könnt Sie schlimmer
noch erschüttern.

(Das Wintermärchen, 5. Akt, 3. Szene, 74 f.)

Als alle Platz genommen hatten, eröffnete Paulina das Gespräch: „Ich freue mich, meine lieben Freunde, dass es uns möglich geworden ist, in dieser ungewöhnlichen Runde miteinander ins Gespräch zu kommen. Ich darf meine Mitwirkung an den gesamten Vorkommnissen noch einmal erklären und deutlich machen, dass ich mich jederzeit als ehrliche Maklerin in diesem Gestrüpp aus Missverständnissen, Unterstellungen und Boshaftigkeiten verstanden habe. Ich schlage vor, dass wir in chronologischer Reihenfolge noch einmal die Geschehnisse Revue passieren lassen, die mit dem Besuch von Mr. Austère in England vor 16 Jahren begannen. Darf ich Sie vielleicht bitten, noch einmal zu erklären, Mr. Austère, wie es zu dem Besuch seinerzeit kam?"

Paul erläuterte noch einmal sehr detailliert, was ihn damals zu dem Besuch in London veranlasst hatte. Der Besuch bei den Cohens sei überfällig gewesen, da er Robert schon seit Jahren nicht mehr gesehen und seine Familie daher auch nicht gekannt habe.

Der ausgesprochen freundliche Empfang sei für ihn überwältigend gewesen, so dass er seinen Aufenthalt – länger als ursprünglich geplant – ausdehnte. Als sehr angenehm habe er die Aufenthalte in Cambridge und besonders in Bury St. Edmunds in Erinnerung, zu denen ihn Roberts Frau Pamela begleitet habe. Diese beiden Exkursionen hätten wohl die Missverständnisse ausgelöst, die letztlich zu dem Eklat geführt hätten. Er sei sich aber keiner Schuld bewusst gewesen und wisse auch bis heute nicht, worin der Stein des Anstoßes liege.

An dieser Stelle unterbrach Robert die Ausführungen und legte noch einmal dar, wieso er plötzlich so misstrauisch geworden sei und jegliche Kontrolle über sich verloren habe. Lange Zeit sei er von der Annahme getrieben worden, Paul und Pamela hätten ihn betrogen und hintergangen.

Der Anfangsverdacht habe sich bei ihm zu einer regelrechten Manie entwickelt, von der er sich nicht mehr freimachen konnte. Erst durch den Gentest sei ihm klar geworden, dass er sich in einen Rausch gesteigert habe, der ihm jeglichen Sinn und Verstand geraubt habe. Doch mit dem Verlust seiner Frau und seiner Tochter und dem Tod seines Sohnes Marius sei er allmählich wieder zu einem klaren Denken fähig geworden. Er habe dann schmerzlich einsehen müssen, dass er einer hoffnungslosen Verblendung unterlegen und nur langsam zu Einsicht und Reue gekommen sei.

Erst in der nachfolgenden Zeit sei ihm klar geworden, dass er sein Leben auf diese Weise völlig verpfuscht habe. Paulina warf hier ein, dass diese Reaktion ja eine logische Konsequenz aus dem langanhaltenden Wahn gewesen sei, für den Robert ja auch gebüßt habe. Er könne aber sicherlich einen Beitrag dazu leisten, dass der zweite tragische Umstand in Neuseeland, dessen Kern ja wiederum in seiner Tochter Jacinda begründet sei, einer vernünftigen Lösung zugeführt werden. Denn schließlich lebe Jacinda, es gehe ihr gut, und alle würden sich über ihre Anwesenheit bei dem Gespräch freuen.

Paul nahm das Gespräch wieder auf und räumte ein, auch er habe grundlegende Fehler begangen. Auch er sei von falschen Voraussetzungen ausgegangen und habe die Liaison seines Sohnes Gregory falsch eingeschätzt.

„Und Sie haben", unterbrach ihn Paulina, „in ihrer Vorgehensweise einen Dünkel verkörpert, der die ganze Familiensituation völlig vergiftet hat. Ihre Vorstellung, dass Ihr Sohn nur innerhalb ausgewählter Kreise nach einer Partnerin suchen darf, hat doch das Dilemma heraufbeschworen. Gregory ist doch von einer jungen Frau fasziniert gewesen, egal ob ihr Vater nun Hoani, also ein Maori, oder Robert ist. Ihm ging es doch nicht um das Durchbrechen von Standesgrenzen, sondern um die Liebe zu einer Person, die für ihn attraktiv, charmant und intelligent ist.

Nicht das Elternhaus, sondern die Frau hat ihn in seiner Zuneigung geleitet. Es mag für Sie, Mr. Austère, erfreulich sein, dass Sie das Elternhaus kennen. Aber glauben Sie mir, was sich Ihr Freund Robert geleistet hat, ist auch nicht gerade ein Indiz dafür, dass aus gutem Hause kommend ein Garant für Charakterstärke und Tugendhaftigkeit ist. Niemand von Ihnen hat sich sehr mit Ruhm bekleckert. Sie müssen sich wechsel-seitig Abbitte leisten."

Nach diesen eindringlichen Worten von Paulina, die alle Anwesenden durch ihre Souveränität und Klugheit beein-druckte, setzte ein lang andauerndes betretenes Schweigen ein. Die beiden Männer sahen verschämt zu Boden. Sean und Jacinda, die nebeneinandersaßen, begannen zu weinen.

Nur Gregory behielt die Fassung und fühlte sich gestärkt durch Paulinas Plädoyer. Er ging auf sie zu und bedankte sich, denn ihre Mahnung an die beiden erfolgreichen Männer, die vor ihnen wie kleine Kinder saßen, war Balsam für seine Seele.

Paulina zögerte erst, doch dann stand sie auf und wandte sich noch einmal an den kleinen Kreis.

„Ihr alle wisst", begann sie, „dass noch jemand in dieser Runde fehlt."

TEIL XXIII

Hermione:
Götter, seht nieder und aus heiligen Gefäßen
gießt Gnade über meiner Tochter Haupt!

(Das Wintermärchen, 5. Akt, 3. Szene, 121 ff.)

Großes Erstaunen setzte ein, denn nicht alle wussten, wen sie meinte. „Pamela Cohen ist nicht unter uns", erklärte Paulina. Und nach einer Pause: „Sie sollte aber bei uns sein."

„Pamela?", stotterte Robert. „Was ist mir ihr?"

„Sie würde zu uns kommen, wenn niemand dagegen Einwände hätte. Sie wartet auf meinen Anruf", erläuterte Paulina.

Robert traute seinen Ohren nicht, denn für ihn war Pamela schon seit Jahren nicht mehr existent. Er hatte jeglichen Kontakt zu ihr verloren, was letztlich auch auf das fürsorgliche Verhalten Paulinas zurückzuführen war, denn die ehemalige Angestellte der Familie Cohen war zu einer klugen und weitblickenden Freundin herangereift, die der anfangs vollkommen hilflosen Pamela angeboten hatte, in ihrem Haus zur Untermiete zu wohnen. Nach einigem Zögern hatte Pamela das Angebot auch angenommen und zusammen mit Paulina und ihrem später verstorbenen Gatten Antony für einige Zeit im selben Haus gewohnt.

Später war sie nach Kent gezogen, wo sie ein unauffälliges Leben führte und als Sekretärin in einem Londoner Rechtsanwaltsbüro ihren Lebensunterhalt verdiente. Sie hatte ihren Lebensmut verloren, nachdem sie den Tod des Sohnes Marius, den Verlust ihrer Tochter und die böse Unterstellung ihres Ehemanns hatte hinnehmen müssen.

Der Gedanke an eine offizielle Scheidung von ihrem Ehemann war ihr immer wieder gekommen, doch Paulina hatte ihr davon abgeraten in der Hoffnung, dass sich die schrecklichen Geschehnisse der Vergangenheit vielleicht doch noch einmal aufklären ließen. Der Zeitpunkt schien nun gekommen, denn Paulina hatte Pamela geraten, sich auf den Besuch ihres Ehemannes einzustellen und ihn anlässlich der anstehenden Begegnung zu überraschen.

Nach dem Anruf bei Pamela in Bromley kam diese mit Eisenbahn und U-Bahn zu Paulina, wo sie bereits erwartet wurde. Die Anwesenden hatten alle eine große Nervosität entwickelt, besonders Robert war seine Aufregung und Ungeduld deutlich anzumerken.

Als Pamela die Haustürglocke getätigt hatte, nahmen alle Anwesenden auf ihren Stühlen Platz und zeigten eine heilige Stille. Paulina und ihr Mann standen auf, um den Gast am Eingang zu begrüßen. Sie geleiteten Pamela ins Wohnzimmer und gingen ihr voraus.

In der Tür stand eine elegante Frau im Alter von etwa fünfzig Jahren, die zurückhaltend, aber recht selbstbewusst eintrat und jeden der Anwesenden per Handschlag begrüßte. Als sie auf Robert zukam, wurde dieser sichtlich verlegen und gerührt. Er stand auf und schaute seiner Frau ins Gesicht. Als diese ihn freundlich anlächelte, brach er in Tränen aus und wandte seinen Kopf zur Seite.

Die Anwesenden beobachteten den Vorgang mit angespanntem Interesse und wohlwollender Anteilnahme. Pamela sprach kein Wort, nahm auf dem verbleibenden Stuhl im Kreis der Anwesenden Platz und berichtete kurz von ihrer Fahrt durch London, um dann den Blick auf Paulina und Alexander zu richten.

TEIL XXIV

Leontes:
Wenn dies Magie ist,
dann sei's eine Kunst
so rechtmäßig wie Essen.

(Das Wintermärchen, 5. Akt, 3. Szene, 110 f.)

„Wir sind hier zusammengekommen", begann Letzterer, um ein Kapitel zu beenden, das seinerzeit unweit von hier seinen Ausgang genommen hat. „Paulina und ich erinnern uns noch gut, dass Mr. Cohen eine Mail aus Neuseeland erhielt, in der ihm der Besuch seines alten Schulfreundes Paul vermeldet wurde. Große Freude im Hause Cohen, denn Mr. Austère war allen im Haus durch das Hörensagen bekannt, niemand außer Mr. Cohen hatte ihn aber jemals zu Gesicht bekommen.

Mr. Austère war damals in hoher Position für das Ministerium für Landwirtschaft in Wellington zuständig und erledigte dafür wichtige Geschäfte in London. Die ersten Tage waren sehr angenehm, wir alle hatten den Eindruck, dass sich Gast und Gastgeber gut verstehen würden.

Nach einigen Tagen wendete sich das Blatt, die Stimmung wurde angespannt, und am Ende artete alles in einen schrecklichen Streit aus. Mr. Austère wurde unterstellt, ein intimes Verhältnis mit Pamela begonnen zu haben, was schließlich eine scheinbare Bestätigung fand, als Pamela schwanger wurde und ein kleines Mädchen zur Welt brachte. Das kleine Mädchen ist nun erwachsen und sitzt unter uns, es ist Jacinda Cohen.

Der zwischenzeitlich veranlasste Vaterschaftstest erbrachte das Ergebnis, dass nicht Mr. Austère, sondern Mr. Robert Cohen der Vater des Kindes war. Zu allem Übel verstarb einige Monate später der gemeinsame Sohn der Cohens, Marius, im Alter von 13 Jahren an Leukämie.

Das Privatleben der Familie wie auch die berufliche Karriere Robert Cohens waren ruiniert. Niemand konnte mehr so leben wie zuvor. Die Eltern wurden beide sehr krank und waren für lange Zeit nicht in der Lage, ihr Leben eigenständig zu gestalten. Aus diesem Grund haben wir uns entschlossen, die kleine Jacinda nach Neuseeland in die Obhut anderer Menschen zu geben. Warum nach Neuseeland? Dazu kann Paulina einige Erläuterungen geben."

„Um Jacinda aus der Schusslinie ihres Vaters zu bringen", fuhr Paulina fort, „der war nicht willens, dem Befund der Ärzte zu seiner Vaterschaft Glauben zu schenken. Deshalb haben wir uns damals dazu entschlossen, das Baby dorthin zu bringen, wo der angebliche Vater des Kindes zu Hause war. Das war im Heimatland Mr. Austères, den wir sofort in unsere Überlegungen einweihten. Mr. Austère veranlasste, dass die kleine Jacinda über einen Mitarbeiter der Organisation UNICEF auf die Südinsel Neuseelands zu einem alleinstehenden Herrn gebracht wurde. Mr. Austère hatte den weiteren Gang der Dinge aus dem Auge verloren und war ja auch mit anderen Angelegenheiten befasst.

Dieser liebe Mensch, der sich in den folgenden Jahren so rührend um Jacinda kümmerte, ist auch unter uns, denn es ist ja Hoani, der sich bekanntlich auch gerne Sean nennen lässt. Ich habe einige Monate bei Sean gewohnt, bevor ich wieder nach England zurückgeflogen bin, wusste aber, dass unser kleines Baby keinen besseren Pflegevater finden konnte als Sean. Jacinda wuchs heran und wurde eine wunderbare Frau, die sich ganz intensiv um ihren Pflegevater kümmerte, als sei es ihr leiblicher Vater. Ich habe immer Kontakt zu Sean gehabt und auch dafür gesorgt, dass seine Erziehung mit finanziellen Mitteln seitens der Mutter unterstützt wurde. Alle weiteren Ereignisse müsste Gregory vielleicht mitteilen, denn über die Umstände eurer Begegnungen bin ich nicht so umfassend informiert."

Die Aufforderung Paulinas an Gregory war nicht abgesprochen, denn er errötete leicht und schien ein wenig befangen. Nach einer kürzeren Pause setzte er vorsichtig an und erzählte von seinem Zeltlager des YMCA in Milford: „Wir haben Milford Sound, den phantastischen Fjord, gesehen und sind dann mit der gesamten Gruppe zum Bauernmarkt an die Küste gefahren. Das war ein tolles Erlebnis, in dessen Rahmen ich Sean und Jacinda entdeckt habe. Wir kamen ins Gespräch und beschlossen, uns noch einmal zu sehen. Der Höhepunkt war dann das Schafschurfest, das ich in dieser Form so noch nicht erlebt hatte. Plötzlich tauchte bei diesem Fest mein Vater auf und machte mir eine hitzige Szene. Ich solle sofort mit ihm nach Hause kommen und die Beziehung zu Jacinda und ihrem Vater beenden. Die Begegnung mit meinem Vater war wie ein Überfall, denn wir waren auf seine Anwesenheit nicht vorbereitet, und seine Forderung an uns erschien wie ein Ultimatum. Ich war daher nicht bereit, darauf einzugehen, zumal es für sein Ansinnen nicht den leisesten Anhaltspunkt gab. Dad setzte mich nun mit allen Mitteln unter Druck, wobei natürlich der Entzug der finanziellen Unterstützung die härteste Waffe war. Als ich nun feststellte, dass es keine Wege der Verständigung gab, sah ich auch keinen Anhaltspunkt mehr zu einer gütlichen Einigung.

Es hatte mich auch wütend gemacht, dass in Jacinda einfach nur eine primitive Tochter eines Schäfers gesehen wurde, ohne ihre Person zu betrachten. Ich kannte die Haltung meines Vaters in diesen Fragen ja schon durch andere Umstände und fand mich nun selbst als Opfer seiner verbohrten Einstellung. Dass ich ohne Mutter aufgewachsen bin, trägt auch dazu bei, dass Dad sich einmal überlegen sollte, warum die Verhältnisse bei uns so sonderbar sind."

Die gesamte Runde schwieg und wusste, dass noch weitere Personen sich nun äußern würden.

So ergriff Paul, da er angesprochen worden war, das Wort: „Ich bin erschüttert. Erschüttert über das, was ich nun gehört habe, und erschüttert über mich selbst. Ich glaube, was hier vorgetragen wurde und was Gregory gerade gesagt hat, entspricht der Wahrheit. Ja, ich habe vieles falsch gemacht. Ich habe die Denkweise eines fast krankhaften Ehrgeizes zu meinem Lebensmotto gemacht. Frau und Kind waren dabei für mich wie Schachfiguren, die sich im Rahmen meines Weltbilds zu bewegen hatten. Folgten sie dem nicht, waren sie für mich Falschspieler, die ich nicht ertragen konnte. Mein beruflicher Ehrgeiz hat alle Grenzen gesprengt und wurde befeuert von dem Dünkel meiner Herkunft und meines Berufes.

Ich habe seinerzeit in Cambridge am Christ Church College studiert, ein Topexamen absolviert und bin dann über das Auswärtige Amt hier in England in den Dienst des Landwirtschaftsministeriums gekommen. Ich habe in Neuseeland eine steile Karriere gemacht, meine spätere Frau kennengelernt und bin Vater eines Kindes geworden. Gregory versprach, in meine Fußstapfen zu treten, denn wir haben ihn zuerst nach Eton College in England geschickt, damit er bei seinem Studium in Neuseeland einen Vorsprung hatte. Gregory hat anfangs das gemacht, was ich von ihm erwartete, doch später ging sein Interesse in andere Richtungen. Meine Frau Anne schickte sich an, mich zu verlassen, da sie meinen Lebensstil nicht mehr billigte und inzwischen einen anderen Partner besaß. In der National Party gelang es mir rasch weiterzukommen, und lange Zeit war ich auch erster Anwärter auf das Ministeramt.

Alle Personen und Bewegungen, die meiner Karriere schaden konnten, waren mir ein Dorn im Auge, insbesondere die Verhaltensweise meines Sohnes, in dessen Ausbildung ich so viel Geld investiert hatte. Als Gregory mich dann belogen hatte, um sich an die junge Jacinda zu binden, war für mich der Faden gerissen: Ich sah all meine Pläne durchkreuzt und fühlte, dass ich in ein Spinnennetz geraten war aus Lügen, Intrigen und weiträumiger Verschwörung. Intrigenspiele sind mir aus der Politik hinlänglich bekannt, konspirative Treffen im privaten Bereich bislang noch nicht. Ich hatte den Eindruck, Opfer eines abgekarteten Spiels zu sein, und glaubte, mich mit allen gebotenen Mitteln zur Wehr setzen zu müssen." Paul unterbrach seine Ausführungen und bekam feuchte Augen.

Er vergrub sein Gesicht zwischen den Händen und setzte nach einer längeren Pause mit gebrochener Stimme fort:

„Hier steht nicht nur ein folgenschwerer Irrtum zur Debatte. Hier steht wohl auch meine Lebensphilosophie zur Disposition, die mich dazu geführt hätte, meinen Weg zukünftig ganz ohne Angehörige zu gehen. Was ist ein Ministeramt wert, wenn du allein zu Hause bist?"

Als Paul seine Ausführungen beendet hatte, sah sich Robert bemüßigt, eine Erklärung abzugeben. Er wirkte sehr bescheiden und zurückhaltend und sagte: „Mir steht es überhaupt nicht zu, ein Wort der Entschuldigung hier anzubringen.

Denn durch mich hat ja das Drama seinen Ausgang genommen. Ich habe mich nach kurzer Zeit vor Jahren auf eine Ebene begeben, die mir heute unheimlich erscheint. Tatsächlich war ich fest davon überzeugt, dass meine Frau und ihre Helfershelfer einen Anschlag auf mich und mein Leben führten. Ich sah die Spinne und die Ekelzutat Gift im Becher. Wer davor die Augen verschloss, bleibt unberührt, doch mir war klar gewesen, dass mir davon Hals und Magen platzen müssen. Ich habe mir wirklich eingebildet, mit scharfem Verstand und klarem Urteil die Lage zu beurteilen.

Alle Indizien sprachen dafür, warum ich keinen Gentest mehr für nötig hielt. Als ich mich schließlich auf den Test einließ, konnte ich das Ergebnis anfangs gar nicht glauben. So war die ganze Konstruktion in sich zerbrochen. Hinzu kam der Tod unseres Sohnes Marius, der fast zur selben Zeit damals verstarb. So hatte ich mit einem Mal die ganze Familie verloren und war am Ende meiner Weisheit. Dort, wo ich noch zuvor mich sicher geglaubt hatte, wo ich der felsenfesten Überzeugung gewesen war, im Recht zu sein, war nichts geblieben.

Ich glaubte an die Verschwörung von Himmel und Erde gegen mich und war fest entschlossen, alle, die in irgendeiner Weise Teil dieses Komplotts waren, beseitigen zu müssen. Hätte ich die Möglichkeit gehabt zu töten, ich glaube, ich hätte es gemacht. Die Tatsache, dass mein alter Freund so freundschaftlich mit meiner Frau verblieb, hat mich am Anfang völlig aus dem Konzept gebracht. Nachdem ich den Verdacht dann schöpfte, war die Konstruktion meiner Eifersucht nicht mehr aufzuhalten. Ich hatte einmal meine Theorie, sie war nicht mehr zu bremsen.

Wenn wir jetzt hier zusammengekommen sind, muss ich sagen, dass ich mein Glück gar nicht fassen kann, meine Frau und Tochter hier zu sehen. Ich weiß nicht, wie ich euch begegnen soll, denn ich habe große Schuld auf mich geladen …"

An dieser Stelle brach Robert seinen Monolog ab, denn seine Stimme versagte.

„Bitte entschuldigt mich", schloss er und begann zu weinen.

Dann richtete Paulina ihren Blick auf Pamela und forderte sie mit kurzer Kopfbewegung auf, ein Wort an die Anwesenden zu richten.

„Warum ich noch lebe, weiß ich nicht", begann sie ihre Ausführungen. Mit gesenktem Blick und leiser Stimme begann sie: „Was ich erlebt habe in den vergangenen Jahren, übersteigt alle Maße und Gefühle. Mein Gatte Robert und ich waren seit vielen Jahren verheiratet, hatten einen lieben Sohn, der unsere ganze Freude war, und beschlossen, ein weiteres Kind zu bekommen. Das zweite Kind wurde ein Mädchen, das wir Jacinda nennen wollten, und eigentlich wäre es eine Selbstverständlichkeit gewesen zu sagen, dass wir alles erreicht hatten, was uns zu Beginn unserer Ehe vorgeschwebt hatte. Nun kündigte Paul seinen Besuch aus Neuseeland an, und es herrschte große Aufregung im Hause Cohen, als Roberts Jugendfreund wieder einmal nach England und namentlich zu uns kam. Pauls Aufenthalt in London besaß einen dienstlichen Hintergrund. Seine Gespräche schienen sehr erfolgreich gewesen zu sein, als er bei uns mit bester Laune eintraf. Vorgesehen waren nur einige Tage, ich konnte ihn aber überreden, ein wenig länger als geplant zu bleiben. So fuhren wir nach Cambridge und Bury St. Edmunds, wo wir uns kennenlernten und sympathisch fanden. War das etwa anrüchig? Schließt eine Ehe jede Sympathie für andere aus? Haben wir etwas unternommen, was in irgendeiner Weise anstößig oder moralisch verwerflich war?

Der Kampf zwischen uns war ein Kampf auf Leben und Tod. Mein Ehemann wollte kein Kind, er wollte mich nicht. Das Schicksal unseres gemeinsamen Sohnes hat ihn wenig berührt. Es war auch schon verletzend, dass nach jahrelanger Ehe der Vater plötzlich sogar die eigene Vaterschaft des gemeinsamen Sohnes in Frage stellte.

Als Marius gestorben war, unsere Tochter Jacinda nach Neuseeland entsorgt, Paul Austère durch den DNA-Test rehabilitiert wurde, kam Robert nicht auf die Idee, die Sache wieder zu klären oder zu bereinigen. Abgetaucht ist er und verschämt und feige zu Hause geblieben.

Meine verlorene Ehre hat ihn nicht weiter berührt. Er konnte sich nicht dazu aufschwingen, mir gegenüber seine fürchterlichen Verschwörungsphantasien zuzugeben. In seinem Wahn hat er sich völlig verrannt, um mir meine Ehre bis ins Allerletzte zu nehmen. Die Tatsache, dass du", und hier blickte Pamela zum ersten Mal auf und nahm ihren Mann direkt ins Visier, „es nicht vertragen konntest, dass ich einfach nur nett war zu deinem Freund, den ich vorher nicht kannte, machte dich schwach. Aufgeblasen hast du dich wie einen Ballon, hast ein System von Verrat, Missgunst und Intrigen aufgebaut, das es uns allen unmöglich machte, dich zur Raison zu bringen. Wäre dies möglich gewesen, hätten wir gemeinsam versuchen können, den angerichteten Scherbenhaufen wieder zu reparieren. Aber nein, du warst rasend und aggressiv, unbelehrbar und höchst gefährlich."

Und sie wandte den Blick wieder ab von Robert, der die ganze Zeit wie versteinert zugehört hatte, und nahm noch einmal das Wort an sich: „Es ist mir daher nicht möglich, einfach wieder so in die Ehegemeinschaft zurückzugehen. Ich bin glücklich über die Anwesenheit meiner geliebten Tochter, und ich freue mich auch, dass Jacinda einen solch edlen Freund als Partner gewonnen hat. Wir sind aber nicht die Familie geworden, die wir sein wollten.

Die Zeit mag einiges heilen, doch 16 Jahre sind bereits vergangen. Ich habe wieder neuen Lebensmut gefunden, doch bleibt die Zukunft für uns alle offen." Pamela stand auf, ging auf Jacinda zu und erklärte, dass sie unendlich stolz und erleichtert sei, ihre Tochter zu sehen.

Unter Tränen nahm sie Jacinda in den Arm, vergrub ihr Gesicht in der Schulter ihrer Tochter und weinte lange. Dann richtete sie sich wieder auf und wandte sich an den Kreis.

Anfangs habe sie sich immer wieder Vorwürfe gemacht, warum sie nicht auch nach Neuseeland gezogen sei, um Jacinda aufwachsen zu sehen. Doch die beruhigenden Worte Paulinas sowie die frohmachenden Berichte über die behütete Umgebung Jacindas hätten sie davon abgehalten, in England alles aufzugeben und sich auf die unsichere Zukunft in einem fremden Land einzulassen. Sie sei mit sich selbst nicht immer im Reinen gewesen und habe Robert letztlich immer für alles verantwortlich machen wollen. Dennoch habe sie nie die Hoffnung aufgegeben, über Paul wieder Zugang zu ihrer Tochter zu finden – eine Hoffnung, die sich letztlich ja auch als berechtigt erwiesen habe. Sie brauche jetzt Zeit und räumliche Distanz zum Geschehen der letzten Woche, um für sich einen Weg zu finden.

Am Ende ging Pamela auf Sean zu und bat ihn aufzustehen. Sie umarmte ihn lange und innig und sagte: „Kia mihi, Hoani! Danke, Sean! Der Himmel möge es dir vergelten." Sie küsste ihn auf die Wange und verließ den Raum.

Die vorstehende Parabel basiert auf dem Schauspiel *Das Wintermärchen (The Winter's Tale)* des englischen Dramatikers William Shakespeare (1564–1623). Seit dem 19. Jahrhundert wird *Das Wintermärchen* als eines der Spätwerke des Dichters der Kategorie der Romanzen zugerechnet. Romanzen zeichnen sich bei Shakespeare dadurch aus, dass sie nach der Präsentation einer Ausgangslage eine dramatische Entwicklung nehmen, die oft grausam, unbarmherzig und kaltschnäuzig erscheint. Zum Ende löst sich hingegen vieles in Wohlgefallen auf, werden die Konflikte entschärft oder aufgehoben, werden Missverständnisse als solche geklärt. Der Begriff ist allerdings nicht unumstritten und wird oftmals verworfen zugunsten solcher Etikette wie romantische Komödie und anderer mehr. Im vorliegenden Fall finden die beiden befreundeten Protagonisten (Leontes und Polixines) wieder ihren Frieden, nachdem sie zwischenzeitlich zu Todfeinden geworden waren.

Bei Shakespeare handelt es sich naturgemäß um Fürsten, die ihren weit voneinander entfernten Reichen vorstehen. So wird Leontes als König von Sizilien und Polixines als König von Böhmen ausgewiesen – zwei Phantasiereiche, die der Feder des Autors entsprungen sind. Entscheidend ist dabei die Tatsache, dass die beiden Reiche so weit auseinanderliegen, dass die beiden Jugendfreunde lange nicht einander besuchen konnten. Dies mag übertragen auch für die vorliegende Version gelten, wo Großbritannien und Neuseeland – bei aller Affinität – geographisch weit voneinander entfernt liegen, so dass eine tägliche Berührung nicht unbedingt gegeben ist.

Wie bei all seinen Stücken ging Shakespeare nicht voraussetzungslos an sein Werk, sondern griff zurück auf Vorlagen, die ihm zur Gestaltung seiner Personen und Ideen geeignet erschienen. Grundlage des Dramas war eine Schrift seines Kollegen und Rivalen Robert Greene, der bereits im Jahre 1588 ein Prosawerk geschrieben hatte mit dem Titel *Pandosto*. Auch Greene hatte dabei auf ältere Vorlagen zurückgegriffen, die immer wieder um die heftige Fehde zweier befreundeter Männer kreisen. Greene bezeichnet Shakespeares Werk daher auch als Plagiat und wirft ihm vor, eine „upstart crow" (ein Emporkömmling) zu sein.

Sowohl Leontes als auch Polixines begehen im Drama verheerende Fehler, da sie sich als Opfer eines Systems von Komplotten und Intrigen sehen. Sie sind umgeben von Verschwörern und fest davon überzeugt, im Besitz der Wahrheit und Klarsicht zu sein, die andere ihnen verstellen und nehmen wollen.

So führt Camillo bereits zu Beginn des Dramas aus, dass es absolut unmöglich sei, den Wahnvorstellungen des Leontes erfolgreich zu widersprechen:

> Überschwörn
> Sie, was er denkt, bei jedem Himmelsstern
> Samt dessen Einfluss; gleich gut könnten Sie
> Verbieten, dass das Meer dem Mond gehorcht,
> Wie Sie mit Schwörn sein Wahngebäude abtun
> Oder mit Rat erschüttern könnten, das
> Als Fundament auf Glauben fußt, und lebt,
> Solang sein Leib fortlebt.

(Das Wintermärchen, 1. Akt, 2. Szene, 424 ff.)

Selbst nach dem Urteilsspruch des Orakels in der Gerichtsszene, das Hermiones Unschuld bestätigt, führt Leontes aus:

> Kein Fünkchen Wahrheit im Orakelspruch.
> Nur weiter im Prozess; das da ist Lüge.

(Das Wintermärchen, 3. Akt, 2. Szene, 138 f.)

Doch nach der Meldung durch den königlichen Diener, Leontes' Sohn Mamillius sei tot, erwacht Leontes aus seinem Wahn mit den Worten:

> Apollo zürnt mir, und der Himmel selbst
> Schlägt auf mein Unrecht ein.

(Das Wintermärchen, 3. Akt, 2. Szene, 144 f.)

Auf der anderen Seite verrennt sich auch Polixines in seinem Wahn und nimmt Trennung und Tod in Kauf, nachdem er vermeintlich hintergangen und verraten wurde. Den Schäfer, Pflegevater der Perdita, würde er am liebsten aufhängen, Perdita selbst die Augen auskratzen und töten lassen, sollte sie noch einmal Florizel verführen.

Dieser selbst wird als Narr bezeichnet, der sich mit einer Nutte eingelassen hat. Er sei nicht mehr edelblütig wie der Vater und wird daher vom Erbrecht ausgeschlossen. Dadurch sei er dem Vater fremder als die Sintflut. Wie auch bereits Leontes hat sich Polixines regelrecht verschanzt in seiner eigenen Welt und ist weder durch Zuspruch noch durch Widerspruch aus seiner konstruierten Welt zu lösen. Erst durch den unwiderruflichen Beweis, dass Perdita eine Königstochter – nicht also die Tochter eines Schäfers – ist, lenkt Polixines ein und ist zur Reue bereit. So wendet er sich nach seiner Rückkehr nach Sizilien an Leontes, den Vater der Perdita, mit den Worten:

> Lieber Bruder,
> Lass dem, der Grund für all das war, das Recht,
> Dir soviel Kummer abzunehmen, wie
> Er selbst schultern kann.

(Das Wintermärchen, 5. Akt, 3. Szene, 54 ff.)

Das Motiv der Verschwörung besitzt bei Shakespeare eine herausragende Bedeutung, denn wie Leontes im ersten Teil des Dramas sieht sich auch sein Antagonist Polixines im zweiten Teil als Opfer bösartiger Intrigen. Beide gehen von einer Verschwörung der gesamten Umwelt aus: Leontes sieht das Zusammenspiel von Camillo, Paulina und Hermione, die das intime Verhältnis zu Polixines wohl sehen, aber wider besseres Wissen ignorieren wollen.

Er sieht sich im Besitz der besseren Erkenntnis und Wahrheit. Er führt jegliche Anhaltspunkte, die seine Sicht der Dinge stützen, als untrüglichen Beweis dafür an, dass seine Frau Ehebruch begangen und ihn hintergangen hat. Polixines auf der anderen Seite sieht im Verhalten seines Sohnes und der Personen, die ihn stützen, den klaren Beweis, dass auch er böswillig getäuscht und betrogen wurde. In beiden Fällen nimmt die Haltung paranoide Züge an und gestaltet sich zu blindwütiger Raserei, die für Argumente und entlastende Hinweise nicht mehr offen ist. Im vorauslaufenden Gespräch mit seinem Sohn – das mit getarnten Rollen geführt wurde – hatte Polixines noch versucht, die Rolle und Bedeutung des Vaters in Ehefragen zu betonen.

Doch für seinen Sohn Florizel war es völlig klar, dass er sich in dieser Angelegenheit über den väterlichen Rat hinwegsetzen würde. Somit kam Polixines zu dem Ergebnis, dass sein Sohn heimlich gegen ihn intrigierte und seinen Vater hintergehen wollte.

Wenn am Ende die beiden Protagonisten eine andere Sicht der Dinge und neue Wahrheit, die für sie unumstößlich war, erhalten, ist dies auf das Zusammenwirken aller aufrechten Personen im Drama zurückzuführen. Sie belehren die verblendeten Könige eines Besseren und halten ihnen den Spiegel der Wahrheit vor. Wut und Wahnsinn verbanden die beiden, denn sie waren blind für all das, was von Personen außerhalb ihres Wirkungskreises eingewandt wurde. In manischer Verblendung bekämpften sie alle ihre Widersacher und setzten ihre aggressive und gewaltsame Politik fort.

Perdita ist nicht ein Findelkind niederer Herkunft, sondern eine Königstochter, die dank der rührenden Hilfe eines einfachen, aber liebevollen Schäfers in geordneten Verhältnissen aufgewachsen ist. Dass Perdita die Tochter Polixines' alten Jugendfreunds Leontes ist, setzt dem gesamten Treiben die Krone auf. Eine junge Frau, deren Vaterschaft zu Beginn des Dramas Anlass für das Zerwürfnis der Freundschaft zwischen Polixines und Leontes war, führt am Ende alle zusammen und vollzieht ein Resultat, das vorausgegangene Verschwörungen und Intrigen in Wohlgefallen auflöst.

Im dritten Akt wird bei Shakespeare der Versuch unternommen, mittels einer Gerichtsverhandlung den Vorwurf der

Untreue und des Ehebruchs zu klären. Inmitten dieser Verhandlung platzt das Ergebnis der Bediensteten Cleomenes und Dion herein, die zum Orakel nach Delphi gesandt worden waren. Sie überbringen den Befund, der letztlich für Klarheit in der Angelegenheit sorgt, gleichzeitig aber die Katastrophe für alle offenkundig macht: „Hermione ist keusch, Polixines untadelig, Camillo ein treuer Untertan, Leontes ein eifersüchtiger Tyrann" (III, 2, 131 f.).

Diese archaische Vorgehensweise zur Ermittlung der Wahrheit ist in der vorstehenden Fassung durch den Gentest ersetzt, der zu dem Ergebnis führt, dass Leontes der Vater des neugeborenen Kindes ist und alle Anschuldigungen gegenüber Hermione in sich zusammenfallen und haltlos sind.

Bemerkenswert an der dramatischen wie der Prosafassung des Wintermärchens ist der symmetrische Aufbau. Die Symmetrie bezieht sich auf Ort, Handlung, Personen und Struktur und wird von Shakespeare im Drama recht stringent entwickelt. Analog verfährt die vorstehende Prosafassung, die ihren Schauplatz am Anfang wie am Ende im Londoner Vorort Chorleywood verortet hat. Die lange Darstellung der Ereignisse im Königreich Böhmen findet ihre Entsprechung in Neuseeland. Die zentrifugale Handlung des Anfangs nimmt eine Wende, wenn sie wieder auf das Ende hinausführt.

Der anfängliche Personenkreis, der durch die fatalen Ereignisse und Missverständnisse auseinandergerissen wurde, findet sich am Schluss wieder zusammen und knüpft an die kurze Phase der seligen Harmonie zu Beginn an.

Insbesondere die beiden Protagonisten werden wieder zusammengeführt, nachdem sie zwischenzeitlich Opfer ihrer paranoiden Wahnvorstellungen und narzisstischen Phantasiegebilde geworden waren. Aufstieg und Fall der Männer verlaufen analog. Der blindwütigen manischen Entschlossenheit folgt die Ernüchterung und bittere Trauer über das angerichtete Unheil, das sich am Ende durch das unverhoffte Glück zu einer wundervollen Versöhnung fügt. Strukturell knüpfen beide Versionen somit an die seit Jahrhunderten bekannte Gattung der De-Casibus-Literatur an, der zufolge die Maßlosigkeit und Eitelkeit mächtiger Personen nach ihrem temporären Aufstieg jäh zu einem Absturz führt, der alle Hoffnungen und Erwartungen des Aufstiegs zunichtemacht. Das deutsche Sprichwort „Hochmut kommt vor dem Fall" darf hier bemüht werden, denn es umreißt in etwa die Strukturen, die wir auch im Wintermärchen vorfinden.

Wenn in diesen Tagen Verschwörungstheorien wieder die Runde machen, sind sie bereits im Zeitalter Shakespeares zu beobachten. Hier wie auch in anderen Dramen handeln die Protagonisten aus einer vermeintlichen Krisensituation heraus, die sie als das Resultat einer bösartigen Verschwörung ansehen.

Dabei werden alle bisherigen Bindungen gekappt; man kennt buchstäblich keine Verwandten mehr, sondern unterstellt diesen und allen anderen, an dem Komplott mitzuwirken, um an einem bislang nicht formulierten Ziel mitzuwirken. Die heimliche Zielsetzung, die verschlagene Vorgehensweise der Intriganten bringt den Gehörnten so sehr in Rage, dass er jeglichen Sinn für Vernunft und Verstand verliert und blindwütig gegen seine vermeintlichen Gegner zu Felde zieht.

„Verschwörungstheorien erheben den Anspruch, der offiziellen Version überlegen zu sein, da sie Widersprüche auflösen können, welche die offizielle Version hinnehmen muss, weil sie keine Erklärung dafür bieten kann außer der Widerborstigkeit der Realität. [...] Weil in ihrem [der Verschwörungstheoretiker, A. d. V.] Weltbild kein Platz für Zufälle und Widersprüche ist, muss etwas anderes hinter den Inkongruenzen stecken."

(Michael Butter, Nichts ist, wie es scheint, S. 78)

Diese Feststellung gilt uneingeschränkt für unsere Protagonisten Leontes/Robert und Polixines/Paul, die sich in ihrem Weltbild verschanzt haben und vollkommen uneinsichtig gegenüber allen Einwänden und Alternativdeutungen der Gegenwart sind. Das Motiv der Eifersucht frisst den Gastgeber in

Sizilien/England förmlich auf und versperrt ihm jegliches Verständnis für eine andere Perspektive als die eigene, die jegliche Beobachtungen als Indizien dafür registriert, dass seine Frau ihm untreu geworden ist und ihre gesamte Entourage auf sich eingeschworen hat. Gleiches gilt später für den Freund aus Böhmen/Neuseeland, der sich in seinem Standesbewusstsein dermaßen verschanzt hat, dass alle Abweichungen von seinen Vorstellungen als Verrat und Konspiration gedeutet werden müssen.

Für ihn bedeuten Stand und berufliche Position die Eckpunkte seiner gesamten Existenz. Alles Handeln und Wirken ordnen sich der Dominanz dieser Lebensphilosophie unter, Zuwiderhandlungen können nur als böswillige Sabotageakte gedeutet werden. Dazu bemerkt Norbert Frei, Historiker an der Universität Jena: „Man muss nicht ins Mittelalter oder die Frühe Neuzeit zurückgehen, um zu erkennen, welche zerstörerische Energie kollektive Wahnvorstellungen entwickeln können." Dazu gehören auch Verlautbarungen des ehemaligen Präfekten der Glaubenskongregation, Prof. Dr. Gerhard Ludwig Kardinal Müller, „der in der globalen Corona-Bekämpfung kürzlich das undurchsichtige ‚Vorspiel zur Schaffung einer Weltregierung' erkannte" (Norbert Frei, Konspiration: Verschwörungsdenken und Paranoia haben in Krisenzeiten Konjunktur, Süddeutsche Zeitung, Nr. 117 vom 22. Mai 2020).

So mag der Dramatiker William Shakespeare mit seinem Werk *Das Wintermärchen* ein archetypisches Phänomen aufgegriffen haben, das für seine Zeit, aber auch die heutige von herausragender Relevanz ist. Die entscheidenden Motive der Protagonisten, Eifersucht und Standesdünkel, drohen existenzielle Lebensbedingungen grundlegend zu erschüttern und zu zerstören. Die Flucht in eine Parallelwelt fernab aller Wirklichkeit zeichnet beide Protagonisten aus und dokumentiert eine archetypische Geisteshaltung, die seit jeher als Triebkraft Menschen zum Handeln anleitet. In Shakespeares Drama nimmt sie teilweise katastrophale Ausmaße an und wird lediglich durch das Finale einer versöhnlichen Lösung zugeführt. Die Wunden und Narben der vergangenen Konflikte sind aber nicht zu übersehen und werden in der Zukunft weiterhin spürbar und wirksam bleiben.

Das tendenziell glückliche Ende des Dramas macht deutlich, dass eine Wendung zum Guten oder Besseren möglich ist, wenn die Voraussetzungen dafür vorliegen, sei es durch aktives Eingreifen in den Interaktionsprozess oder durch eine glückliche Fügung des Schicksals. Dennoch bleiben Unbehagen und das Wissen darum, dass die tragikomischen Ereignisse nur durch eine nahezu autistische Verhaltensweise ihrer Protagonisten eingetreten sind, die Entwicklungen zum Guten wie zum Schlechten nach sich ziehen kann. Zu Beginn des vierten Akts spricht in dieser Weise die allegorische Figur der Zeit, die hier als Chor auftritt:

> Seht's nicht als Dreistigkeit
> Von mir, wenn ich schnellflüglig sechzehn Jahre
> Nun springe und nichts weiter offenbare
> Von jenem ‚Zeiten-Raum‘, denn ich hab Macht,
> Gesetze umzustoßen, Regeln über Nacht
> Zu setzen wie zu stürzen. Nehmt mich an,
> So wie ich bin, seit Ordnung einst begann,
> Vom Uranfang bis heut. Ordnungen sah
> Ich viele kommen; auch die neue da,
> Die frische, herrschende, und dern Gefunkel
> Mach ich so stumpf, wie euch mein Märchen dunkel
> Heut neben ihr erscheint. Erlaubt ihr's, dann
> Dreh ich mein Stundenglas, bring's Stück voran,
> Als wärt ihr eingedöst; verlassen wir
> Leontes, der, zerquält von Reue, hier
> Sich selber einsperrt. Denkt euch also drum,
> Dass ich nunmehr, verehrtes Publikum,
> In Böhmen bin; erinnert euch noch schnell,
> Dass ich vom Königssohn sprach, Florizel,
> So ist sein Name, und gleich rede ich
> Von Perdita, die derart anmutig
> Nun ist, dass alles staunt.

(Das Wintermärchen, 4. Akt, 1. Szene, 4–25)

WILLIAM SHAKESPEARE
(1564 - 1616)